THE LAST DAGGER
OF
NOGALES

Eugene William Sabia

To the Goddess
Joan

E J Saku

Printed in the United States of America.
ISBN 0-938513-34-6

Web site: lastdaggerofnogales.com

e-mail: sabiaworld@aol.com

Seven House Publishing
P.O. Box 110
Corrales, New Mexico 87048 - 0110

Imprisoned in the recesses of time,
the trapped spirit accepted,
through mind and body, a door,
defying its own reality,
accepting all who kill the illogical past,
in exchange for a ticket to a wild ride,
in and out of eternity.
Creation by choice.
Rise up time of water bearers,
integrate the lonely one,
be fearful to number
my forms and my times,
for I confuse the lie.

Part One

Prisoners of our own demise, of duality,
think too much of freedom, necessitating
imprisonment, think too much of gain,
necessitating loss, think too much of rest,
causing exhaustion.
So the lonely one, in isolation from success
and failure, becomes the watcher, guardian,
accepting all in its own time, integrating
for the whole, becoming the piper as the rats
fall into their one dimensional hole, and others
fly higher than shiny eagles.

Death has the smell of time and the past. To destroy it, to resolve the archetypes of the mind and beyond...to know this. So that in the end there is nowhere left to go and yet limitless space in which to travel, with no strings...as though you were standing in a storm and there was no turmoil. As though you were flying across a river into a white light, and the colors were spectacular.

Through mind and body, actions of unseen and denied forces return the traveler to the place where memory unlocks, illusions vanish, and gravity's rainbow frees itself.

To reverse the flow through the four gates, defying dark victory, up out of water, into conscious air where water flows from unseen sources. Eliminating time and yet abandoning no one. Moving from the conflict of the square to the harmony of the circle with no starting or finishing point.

In the heat of the day it was, in the traveler's mind, as though the enemy had not been real or in any way formidable. Unseen forces had come from hidden time but this was not clear to him. He crawled through the desert, through grains of sand each of which seemed to him now to be seconds out of his life, his lives. Together they were killing him. He felt he would die of thirst at any moment. He denied the feeling and the fear. Like he had fought everything in his life prior to that moment. Everything that failed to harmonize with his wants, his needs, his desires and expectations, what he thought he truly deserved.

The sands killing him at this point were his badges of courage in the struggle against an enemy far trickier than he had imagined. They were pieces of memory. Of the first time as a child warmth was withdrawn. Of the first time hunger overtook him and he thought about giving up. Of the first time he could not manipulate others, and then the ensuing loneliness, rejection and hurt that made him bitter.

He watched others go down in choppy seas, killed in the war, and he knew he was stronger. He had felt his will was greater than theirs until the collection of failures and tragedies accumulated to the point he could no longer contain them in his mind, conscious or otherwise.

And now, voluntarily or otherwise, he was giving up his life to the desert in which he had become lost.

He knew now he had traveled in the wrong direction and missed the river they had told him about. He remembered them laughing at him as he left the city for not knowing his destination.

He gave in.

The sand grated against his hot stomach as he reached to pull forward one last time. His hand struck something solid. After remaining motionless for several minutes in the waning sun, he lifted his head to see his hand resting on a shiny knife, or to be more precise, a dagger. 'Very beautiful,' he thought to himself. It appeared to be fabricated from a single piece of silver with stones set in the handle, stones set in the shape of a triangle about a square and one large red stone at the top of the handle.

'So what!' the traveler thought. 'It's too late now.'

But the longer he stared at the weapon, the more he got the idea that maybe he was not that far off from the river. Maybe he could change direction just one more time and escape this nightmare. One last time.

That was all that was left in him. Now in the darkening sky he rose with the greatest of effort and propelled his dehydrated body east, into the darker side of the horizon, where he hoped life sustaining moisture would be there for him.

He accepted that he acted out of intuition. That was as close as he could come to describing it. His logical mind did not know for sure exactly where he was, but underneath he sensed hope now. Placing the found weapon in his back pocket, he momentarily felt stupid. Maybe it was valuable. How could he have accidentally stumbled upon it? Literally, stumbled. 'Give it up, give up the questions,' and he moved down a gentle slope in the sand and finally found the river, actually a large arroyo, with a considerable amount of standing it from a recent rain.

He stayed there through the night, drinking and sleeping.

Morning came quickly and he knew he had to cross the arroyo and continue in the same direction that had brought him here. He knew out of this new found sense of intuition. Maybe it was now more like a sense of destiny. Of seeing beyond the moment. A place in time set in a larger context than his own singular one. He attempted again to return to normal, logical thought but stopped himself. And then more of a sense of power rose in his mind which he did not understand.

Maybe it was that he had been in the heat too long and it was playing games with his mind. 'Go over the hill in front of you,' a voice seemed to be saying. 'Into another world, and trust the feeling and trust in what you see and what you have to do, and then return to this one.'

He did not actually walk forward into the mist which was in front of him now. Suddenly he was in it and then beyond it, into the future and the past all at the same time. He stood in a wide valley surrounded by several small hills.

An image appeared in the mist. The traveler was overwhelmed and instinctively reached for the dagger.

'The weapon is my companion,' the voice from the mist said firmly. 'It is a part of me. Forget it now, and watch!'

As though on a video screen, the traveler saw two great armies, separated only by a surprisingly calm white horse. As men and machinery advanced with the premature firing of weapons, the horse turned and began to withdraw from the battlefield. Rising on its hind legs it emitted a hideous sound for all to hear. It was not one of fear or anger. Rather, it seemed to be saying to opposing forces that there was a force greater than all the weapons the two sides which were fighting over pointless history could muster.

Then the horse became quiet, almost docile. 'The scales are tipped,' it said. 'All are prisoners of time, prisoners of the makers of time and fight for the wrong reason. There is good on neither side now, and the foolish warriors commit themselves to darker worlds.'

The traveler watched as cannon and rockets propelled red bodies high into the air, only to fall back down in motionless failure. Row after row of soldiers on both sides were killed so quickly there was little if any advancement from either army. Explosions and heat were so intense that flesh melted from bones before they struck the ground.

'Do not feel sad for something that cannot die,' the horse said, turning slightly toward me. 'Be sad they did not master the four gates, of which this foolish abuse of power is one. Be sad they did not master the illusion and struggle for the past. Go now and be calm in the chaos. You have the power at hand, or rather, it has you now. Sacred action is that which is beyond your own personal goals. Complete your circle, with no separations. These armies, whether here or in other places, will be reconciled and put to rest in completion. And then it was gone. And I saw *your* face in my mind, coming out of the woods on an early April morning, when lilacs bloomed, when it was far from the cruelest month of all. Where there was only the willingness to kill time, burden free, of believing that you and I were something other than their labels of us.

Emerging from the mist now, he walked on. The terrain grew easier to traverse. He came upon a small grove of apple trees, probably having existed around an old homestead because in the distance was the ruins of an old water well. After eating several apples he stretched out under the largest tree and quickly fell asleep.

He knew he was dreaming, and also knew he should observe himself in the dream. It was not merely his own mind creating circumstances in the dream, but also some external force was coming to him to show him something. He was on a shore. Several men and women were standing by a boat, professing to be in love with everyone and everything.

'Get in the boat,' they insisted, almost in unison. This is the way across. No more trouble and conflict now. You are free now and will be treated like royalty.'

When one of them stopped talking, another would continue. 'Your father, and his father, went this way and you will join them now.' It was as if he had no choice in the matter, or so they would have liked him to believe.

The group quickly surrounded him and pushed him toward the boat and the water's edge. And then he was suddenly in the boat with the current taking command, sending the craft toward the darkness of the opposite shore. He wanted to jump into the water and return to the starting point but he knew it would be dangerous. He sensed there were others caught in the water who could not escape.

'Take me back' he ordered the coxswain.

'No,' the coxswain challenged, 'you must leave the rest behind. Leave them to their own problems and come with us now.'

Even as he spoke the current shifted and the boat indeed was returning to the original shore.

'Throw the dagger into the water, no, throw it away, no..., I can feel it. The boat, we can feel it!'

'I have business to complete. I have to finish.'

'They, the creatures, will find you and punish you. They will gobble you up. Many others!' The coxswain's voice was becoming weak. 'The world of two heads is better than yours. Better!'

The conversation was quickly over. The coxswain became part of the black water and suddenly was no more. Once back to shore the freed prisoner walked back to where the group had been standing. Only the clothes they wore remained, collapsed on the ground in a haphazard design. Whatever the dagger was, he mused, whatever power it had, it had brought him back without so much as raising his own hand, to what he had to complete, to master the second gate. It, along with the horse, was bringing him the knowledge of his rising power. Knowledge, though temporary, very necessary.

As he emerged from the second dream, a young face quickly flashed before his eyes, and then was gone. The traveler thought he recognized him. He was smiling, and waiting.

Waiting for the traveler to come just a little further to the east. Indeed, the traveler would have to not only come a little further to the east, but go beyond it. Even beyond the gates.

PART TWO

Monuments of hope and death,
gargoyles in hidden history,
thwart integration of timed layers,
archetypes, idols and demi-gods
serving the famously foolish and doomed.
Prior to bridges collapsing,
entering that which is done in mindless
dreams of someone else's worlds.
Portals open to show power to travel
across dense, visible spans at best
is only part of the changing facets
of the stoned heart, which did not
trust the voice.

Faith and trust only proven within limits of temporality. Demanding the sacrifice of what could have been in a dead end world. And then in the leap of faith the weapon opens up the real door.

He awoke abruptly from the dream and began the final leg of his journey through the desert by climbing up a gentle bank. Once over the top he quickly saw in the distance an old wood frame house. It was at the end of a lovely, lush green meadow. A large porch went across the entire front of the building and part way down the right side. Far off to the left of the house was a forest.

Suddenly he was startled by a movement behind him.

"I have some more water," the boy said. He appeared to have come from where the traveler had just been.

"You surprised me."

The boy said nothing in return and handed the traveler a skin of water that had been slung over his shoulder.

"I've come to accompany the horse home."

"I don't think I can help you."

"No, he returns when he is ready."

He guessed the age of the boy at around twelve, but his actions appeared much much older than that. He worried about his safety out here alone.

The boy began again, " I know my way around here." He chuckled to himself. "Go up to the house. Tell my sister I sent you and to feed you. Although you probably don't need the food now, it will reassure you. And tell her not to worry. She is compulsive about that. Not to worry about the horse, her mother, or anything."

The traveler nodded and handed the water back to the boy. The skin of water had no weight to it. Neither, for that matter did his own body.

He walked quickly through the meadow toward the house now, away from the waning sun. The grass was immaculate. It seemed as though each blade was the exact same height and equally spaced. It was almost as though someone's mind or a machine had created it.

Now the forest off to the left appeared much larger. He thought he saw movement in the trees and he instantly became apprehensive. Maybe, he thought, the strangeness of the journey was compounding his apprehension.

But then suddenly, entering the meadow from the woods with a limp and an erratic walk was a grey-haired old man whom the traveler at first thought to be the coxswain from the dream on the river. The deep lines in his face were not pleasant lines but were created by stress and fear. The image did not belong in this beautiful place, the traveler thought to himself.

"What do you want," he asked the old man who had now planted himself directly in the path to the house.

The old one wiped his face out of nervousness and then took a small book from the breast pocket of his tattered suit jacket. He threw it toward the traveler, landing at his feet.

He then moved quickly back into the woods, turning slightly at one point to see if the book had been picked up.

When the traveler finally did pick it up, it nearly fell apart in his hands. Opening it, he saw it had been written in almost indecipherable longhand, and the pages smelled of mold.

Out of morbid curiousity, he began reading:

'you and I are and I speak from some standpoint of once being as you are in the same

circumstance habitually myself. you must come and follow me and comfort me and make my life complete because of the torments I did not finish what was started but now you can join me as I have always been there for you but I betrayed you and there is no other but me and no one else to stop you now you can leave this place of trials and hide away with us two and as I said have no more tasks...I was helpless as a child and the sadness and abuse and gnawing at my heart and you must look at where I went and look at me and follow me back now into this lower world overlapping you into the woods we go...we came across on the cold cold boats and we were all sick of trying to go to a new world and the old countries did not want us...go with the coxswain

'we came to the island like animals with numbers and were quaranteened and we do not forgive them and anyone and cut them into our minds into two pieces and become double minded which is the best way...it became so real when I speak to you of brokenness, leave the rest to suffer what they deserve and come with me and they will follow or not surrender to me they must...I am afraid you will not come I am afraid you will be there for them and not

me.......................

*'..............soooooooooo, come back to where
you were and rebel against those who would
hurt us and need you and sacrifice you need
not do or wear the crown of thorns because in
the darkness of the woods it is better...it is...my
precious...home...forget the weapon when you
come it only hurts us. I have many things to
show you from the past where I am at I am one
of the creators of time and you can share for a
season in that and you cannot go beyond, not
go above and we must be cruel to bekind...if
you destroy time you destroy yourself and me
me me me meeeee......'*

It shook the traveler. There was more to read
but he saw no point in doing so. He threw the
book in the direction in which the old man had
exited, where he had re-entered the dark forest.
As the book fell apart the distant sound of
animals squeals could be faintly heard. And
then came stranger sounds, sounds he did not
want to analize too closely. He quickly
dismissed them and walked on.

"Anybody home?" he asked, when he finally
reached the porch. He did not want to frighten

the boy's sister by walking right up to the door.

From a small garden beyond the porch the small figure of a girl emerged. "You startled me."

"I'm sorry. I was trying to avoid doing that. Your brother told me to come up to the house. I'm sure he will be along soon."

"Yes, he probably will. But he will also stay out there until he finds the horse. He does not listen to me."

The girl did not recognize the traveler from before, the time she knew him and before she had come to this place. And when she spoke of her brother it was not in the sense of immediate family but more notably within a loving, spiritual context. She had gotten used to that.

"He seems able to take care of himself."

"You have no idea. Follow me," she followed quickly, and led him up the steps and into the kitchen in the front of the house. "Sit down while I make something for us to eat."

She moved quickly and efficiently and in no time came to the table with sandwiches and tea.

"When he goes out to do things that I do not know about, like looking for the horse, he goes places I cannot imagine. It's as though he leaves this place entirely and goes and does

I will never know about or maybe even understand."

She sat down at the table with him now. Her slender body was in sharp contrast with the heavy weave of the light blue cotton dress she wore. In her dark, almost black eyes was a wisdom beyond her years, just like the boy. He saw the lifetimes had affected her deeply. She was, perhaps, waiting for something she did not understand, and, perhaps, angry at the boy for that.

"Sometimes he goes over the edge," she went on about him again. He says things like we are part of something bigger and to discipline oneself and learn to be patient. He says there are invisible things around us. He talks about signs in the skies, completion of cycles, eclipses, alignments...whatever.

And yet sometimes he seems so grounded, in a strange sort of way.

And then they both became silent as they slowly finished their samdwiches. She had not opened up to him yet and told him her real concern.

After they finished eating, she pointed him toward the spare bedroom and said it was time for her to call it a day and get some rest. She said she would keep an ear open in case the boy returned.

He was very tired and though he knew he would not sleep, he went to the room she pointed out just to close his eyes and retreat from everything. "I'm sure it will all work out," he said over his shoulder, futilely attempting to comfort her.

He sat in a chair in the corner after he had closed the bedroom door, searching his mind for the end of this journey which he seemed to have little control over, searching for cohesiveness, something to bind together whatever was happening.

He fell asleep, and dreamed.

In his dream he saw the white horse for a moment and wanted to ask it questions, but as quickly as he finished the thought, the horse told him to use a different power than logic, a power far more effective. "Follow the higher power. Surrender part of the self," it told him over and over. And then immediately there was another dream. At least in the beginning it appeared to be a dream. He was walking up a long, wet, sandy road. Ahead of him was a large mesa in a vast desert. There was no one else in view. It began raining hard, and he struggled to the top, staying in the middle of the road where it was higher and there was more gravel.

He was soaked. Looking down, he could see the entire world below him. He continued on until he was standing in front of a group of old adobe buildings that had been abandoned for quite some time. The decaying walls blended in perfectly with the sandy, coarse terrain.

He entered one of the old buildings and stamped his feet to shake off the water and loose sand.

Then something shook him. He turned slowly toward the doorway he had just passed through. Just for a moment he was frightened. Then he saw that the tall, old man meant him no harm. The figure, an Indian, was impressive, with long white hair falling casually over a brightly colored shirt and beaded moccasins that seemed to match colors. His movement was calm and fluid.

In his mind he heard the Indian tell him to take off his shoes and socks and let them dry, and to sit down on the ground opposite him.

"You are growing stronger," the old one said, and then, pointing to the light that had just appeared on the ground between them, "look now." In the cloud of light was a replica of the dagger he had found when he was crawling through the desert. "The boy wants you to know that when you fail, it will be there for you. It will help you when it is time to cross over."

"Over what?"

"When you cross, you will know."

"Where did this thing come from?" the traveler pressed the old one.

"From here, from this place, we cannot tell for sure. We feel it unifies the four directions. And the reverse, when the four directions are unified, it appears, sometimes to protect.

The dreamer gazed at it as though he wanted to possess it and immediately be rid of the entire conflict.

"It is not made for that," the old one said, interrupting his thoughts. It is a companion, not a possession. It you attempt to possess it, it disappears.

"Move from conflict to balance. You have come through time to make use of it for the moment. Do not grow careless with it.

"The separation which occured was not your fault. It was inherrant in the place. Go beyond visible, rational limits.

Then the shaman spoke some words in his native language he lad learned while in the world and disappeared as suddenly as he had come through the door. The dreamer was left to return down the wet road. No sooner had he exited the building and begun doing so than he awoke abruptly, still in the chair, a few rays of light streaming through the window beside him.

He walked quietly out of the house and sat on the porch step. He studied the memory of the dream, of where he had gone. He saw part of the end and part of the beginning of the entire adventure. He saw all the faces become one face. And then he remembered another part of the separation. He remembered the surface conflict and some of the carry-over conflict from other times that had caused the fight:

'How much gas do we have left?' the woman in the car impatiently asked him. The two grew more and more disoriented in the remote, rough, tree-lined mountain road above the desert they had just passed through. They were looking for a place to stay, to live free, away from the problems of the past, hidden over time. It would not work.

'About a quarter of a tank,' the driver replied, angry and nervous. Then he was silent, hoping to avoid any further confrontation with her.

She knew that. And she did not know how to escape the past either. She knew neither of them had the perfect plan. She just wanted peace, in place of torment and the inability to see, just peace. In place of a failure tempered success, peace. She knew she had not been fair to him. She wanted and expected him to fix everything.

'The price of the land...if we can ever find it, sounded fair, with what money we have.' But that still was not the issue. 'What is out here anyway. I'd go absolutely insane with nothing to do!'

'What's back there?! he countered.

'Which way is back?! Go back! Just take us, take me back!' Her life of curcumstance, her life of limitation put her over the edge.

'All right,' he finally replied, 'we'll go back. I'll take us back...back...back...'

PART THREE

The pearl of great price, in us,
that which carries even a dog serving
its master, refuse in a classless society,
past the place of ambush where wind
and time move course sands, killing
in self-fulfilled silliness.
First now, disaster, finally, beyond maya,
the grand move, back back back
into parallel dreams, all true, all being the pearl.
The lost, on the road, to return to,
after transition, to the unseen house.

The city. Archetype of cohesiveness, safety and illusion. Where mass amounts of hidden time create confusion.

"She went to the city," the girl said, joining him on the porch. "Would you go and find her, find her and bring her back? I'm afraid she is in trouble. I think this is why the boy sent you here. He cannot go himself, and do it alone. We thought she would join us. At least we should know she is all right where she is at."

He knew immediately this is what he had to do and it would not be easy. He just knew that. Coming up through the meadow...he wanted to return, to go back only, he supposed, that would have been the negative direction. No safety back there either.

"What was her reason for going?"

"It just drew here back. Odds and ends. She had to find something. I don't know! I'm just afraid something happened to her in the woods."

He stared into the distant meadow.

"Brother trusts you. Otherwise I would not dream of asking something like that of you."

He flashed back to some of his dreams and, again, knew he had to do it. And while he was still dodging the task in his mind the girl was giving him clues to her whereabouts, baring unforseen trouble in the forest, which she knew little about.

She knew he would go after her. She went to the kitchen and put food and water in a shoulder bag and quickly came back to the porch and handed it to him.

He could not challenge her or rationalize extra time here. She gave him a quick hug, said good-bye and quickly re-entered the house for fear of showing any emotion.

He sat for a few moments longer, gazing toward the woods where she had gone. Then quickly and without further thought he walked down the steps and across the clearing until he was at the edge of the woods, at the mouth of a faint path inward and downward.

Stepping into the shadows he wanted to quit again but moved ahead cautiously. Maybe, just maybe, it would not be that difficult. Faint, distant noises seemed to come from everywhere at once. He took a couple of bites of bread from the bag she had given him and ate as he walked.

As he walked the woods grew thicker until almost no light filered through the thick canopy. Walking faster, he made a greater effort to focus his eyes in the humid darkness. In this colorless world he was losing his sense of direction. Wishful thinking maybe, but he felt the dagger in his back pocket gave him warmth and comfort.

Surrender to it. Sacrifice pain and fear to it, he said to himself. Choose the light and warmth in a dark world. The old man on the mesa would say something like only concentrate on the power. Coming back into the world of time now, concentrate on what never ends.

The noise that began following him, the faint noises he at first thought to emminate from his own fear, now grew louder. It became a louder thrashing sound and then up ahead in front of him he saw the faint outline of a small pig-like creature. It differed from a pig in that it had two large rows of protruding teeth and large, thick scales covering most of its back and upper legs. As he grew closer to it, it set itself for a long leap at him.

"Stay back!" he yelled into the near darkness. His voice seemed all but swallowed up in the thick growth so he repeated, "stay back."

Now the traveler and the creature both noticed circling red rays of light which seemed to be coming from behind the traveler. He removed the dagger from his pocket and placed it between himself and the adversary.

"I don't care about that toy," it said impulsively, but no sooner had it spoken in haste than it curled itself up into a ball, a ball of scales and teeth. "Now you cannot hurt us!"

But the rays of light were taking their toll on the bizarre form. It tried to raise its head from the sandy soil but only succeeded in spitting on itself.

Share with the captive creature a story of the four gates in one, the traveler thought to himself. Imply the power of the dagger, and be still yourself.

"I want to hear nothing, be on your way back now," the creature demanded, still curled into a ball. "This is my territory. You must obey!"

"No, you are in my way. I will tell you the story. One about misused power and the source of something else. About its return."

He began with a primordial memory from the deepest recesses of his mind and memory. "Let me tell you about this man," the traveler began as he sat momentarily on a large flat rock. The creature tried to look away but was having trouble with its scales.

"He was a warrior of tremendous physical size

and strength who lived in a time when swords were the weapon of choice. He and his tribe lived in a remote desert far to the south in a time of invading barbarians from the north.

"His part of the world was famous for its wealth, valuable crafts of silver and gold and high standard of living.

"Their pride and false sense of power grew out of control. They had been humble and wise in the beginning.

"The man was thought to be perfect by his peers, by everyone. In the beginning when the village was just forming, he had the wisdom to know that the power did not come solely from himself and the visible realm. The years passed, prosperous years, and he grew foolish and forgetful. And then he began believing he and his powers alone were the protector and preserver of the village, and all the people whom he dearly loved.

"Until the real power was lost.

"One day he was summoned by a young runner, a young boy who had come from the village in the valley far below the warrior's solitary house on the hill. The boy uttered the words blood and death and then collapsed into unconsciousness at the foot of the once great man.

"When he came down the hill into the village, death was everywhere. The world that he felt was impenetrable had fallen. Now he realized his mistake. He knew serious failure for the first time in his life. He cried as he futilely grabbed a sword and several spears. At the edge of the village he came upon some of the invaders, killers rapidly retreating with their spoils.

"He yelled at them to stop and they merely laughed at the old antique and came upon him quickly. Even as an old man with reduced strength, many of the enemy were quickly piled up around him.

"Finally two of the invaders crept up behind him and severed his right arm. He killed them also with his other arm but as he fell from his many wounds he spotted a woman in the distance, a woman he knew well. It would have been better if he had not been the last survivor. As it was he watched her slump to the ground as a spear passed through her chest. Seeing her die broke what was left of his spirit. She tried to crawl to him to protect him.

"His last act was to rise one last time and sever the head of the horse whose rider rushed him now. After he killed the rider he was quickly surrounded by many others and decapitated.

"The barbarians spared no one. Or so they thought. A child, the boy, the lonely one, runner to the old man, awoke from exhaustion. He entered the old one's hut and found the only weapon left behind. A dagger, a shiny dagger with a jeweled handle which the great leader had worn strapped to his leg for most of his life and had often mentioned as having great powers. He had only recently removed it.

"The boy strapped it to his own leg and quickly returned to the village himself. Over the next few days he buried everyone, deep in the sand.

"He lived and died in the old man's hut. No one came again to that part of the desert. He never removed the weapon because he grew to know what it symbolized and the power, beyond him, which it could command.

"He transcended his memory of the holocaust. In time he learned to travel where most mortal men could not, beyond normal boundaries. Beyond time. He did not belong to the world any longer, but to the spirit.

"Sometimes he would visit with those who had

died. At other times he would reach into the lives of those still in the world, strangers who desired his help.

"He would take a message to many as the times changed and as history was about to repeat itself."

Now he directed his conversation to the animal. "You think you are a powerful beast? Which would you rather fight, the dagger or me?"

Then suddenly the animal completely vanished. The traveler sat in contemplation several more minutes, remembering, studying the microcosm within the macrocosm, the battles fought throughout history, and the boy.

He remembered the blood and sadness. He remembered.

He continued on. Toward the river now that the girl had told him he had to cross. Later in the day he got close enough to hear the rushing water. The trees were thinning, allowing more light to reach him, and he felt more upbeat.

Something flew close to his face, almost striking him. He instinctively ducked. Then another one. "Bats," he said out loud. "Spies, eyes for someone else."

Between the traveler and the river was a small round house in a small clearing. He came upon it now. The roof appeared to be made of branches and leaves with pieces of old metal scattered through it. He was about to bypass it when a voice spoke out:

"I see that you have made it. It has been a long wait for you. Forgive us for taking so long to greet you, you are a surprise." An old woman with sharp, wrinkled features, uncombed hair and a peculiar smile came quickly down the two front steps and stood close to him.

"Sit down, stay awhile, my visitor," she said, pointing to a flattened log.

He did not respond to her but turned to notice now a tall pole near the house with a pig hanging from it, dead and ready to be gutted.

"You kill your own, do you?"

"We have to eat, we do! At least we think we do. Here we do not really have to, but it's nice!"

"I think not, not this time."

"And where would the traveler be going?"

"The city."

"Oh, a dangerous place, now. Stay, we have been waiting a lifetime for you, my lovely."

Her features were changing, becoming younger with each passing moment. Even her voice grew softer.

"It is a humble dwelling, but there is always food, and enough money. See here," and she opened an old metal box which suddenly appeared, money from different times and places in history.

"What good is money here? There is nothing to spend it on, not even food."

"Right you are," the young woman agreed. "It is all in the mind, for sure, but all the better. I can show you. She waved her hand and the house quickly became a beautiful castle, with statues and countless horses and people. When she saw it did not impress the traveler, she waved her hand again and suddenly there were beautiful sandy beaches. Again she waved and there were entire cities.

"I have no need of you, or those things."

"All you ever want. How can you turn your back on us?!"

He had already done that and was on his way again. "When I was corrupted enough, I would end up on the pole too."

"You are different, though, me sweet."

"I don't think so." He watched over his

shoulder as music came from her. Enchanting music with a twist of death in it, like that which had drawn ancient sailors to rocky shores. Then live snakes came out of her head and tried to escape in all directions. Each snake contained generations of world history that she had effected.

And then, just like with the Indian, a hazy image of the dagger appeared between him and the woman. It procuced its own visual history, only one of the future, one with many levels, and it destroyed the other image, the one she had produced, of endless wars, mass starvation, disease, infant sacrifice.

The dagger, hanging in mid-air, moved forward toward the woman now and pricked her arm, which she tried to avoid. When the first drop of blood struck the ground she became less and less visible until she was no longer there. In her place stood a horse with wings, fully capable of flight. All around it were dead snakes and the history of suffering that had fed them.

After the winged creature flew away, the traveler wasted no time in leaving the clearing. The remainder of the trip to the river was uneventful. He arrived at a cliff overlooking the twinkling lights, like millions of fireflys, and rested.

Later, at what seemed like morning, he looked again and saw the bridge. He would go back into that world, for a short time only he hoped. The shaman came again. "It grows even more powerful, awesomely powerful. It will be with you. You have angered the dark gods, but you are more powerful. As you question the makers of time, they enter a life or death situation. They feed off the living. They will reach across when you are there." Birds chirped above him but he did not share their excitement. In the past, in another time, there was a situation where chirping birds was a warning. One which he did not understand.

Another time in another desert.

He remembered.

PART FOUR

Heart the forgiver, time the tool,
destruction of shadows the reward for
understanding attempts to survive
temporal error. Illusions of life and death,
survival becoming destruction,
only the lonely one, to re-define
reality's pierced eyesight, unifies
in endless, flawless loneliness
only from the struggle, the truth of the dagger,
power beyond the cloudy visible where
nothing is alone in separation.

Random and disjointed thoughts, impressions
that burned his soul, re-echoed and raced
through his mind as he forced himself on,

falling constantly face first into the hot, unforgiving sand.

Instead of coming to the level of freedom of the spirit and offering himself to the higher destiny, he now fought for control in an arena which kills all of its gladiators. Eventually, somehow.

Within the little show now, the dream within a dream, he wanted to turn back, not to gain perspective but to store more food and water for the next, later attempt.

What he wanted, what he needed, was just ahead of him if he could only get there. Others had come before him, and others had failed. He had passed their bones. He would be different, the exception.

The pain. A small price to pay for success though. His muscles were greater than the others, the skeletons of those who had not found it. It, happiness when all conditions were met. Conditional happiness in a conditional world.

Just to beat remnants of hidden time that even now tried to suffocate, punish and kill him for not going beyond his own inner time maker. For failing to become single minded and destroy the witness to the creator of its own false realities. Which affected not only himself, but others, also drawn into the black void.

Ambushing himself, failing, and thus the return.

The sun was his number one enemy. Looking up was doubly painful, his eyes were like burning coals in a body almost too dry to take another breath.

He rose again, stumbled, and fell again. There was no time or energy to return and try again. He felt it was probably the end. He was still in the sand now. His thoughts were burned along with his brain and yet his double-mindedness remained intact.

Then he heard what seemed like a gentle humming sound. Raising himself on his elbow he saw a hazy cloud in front of him now out of which emmanated faint streams of red light. The cloud, or the lights, or both, he was not sure, began talking to him. Maybe, he thought, they had been talking to him all along. He had been so serious over his agenda he did not hear.

It was telling him that this would not work, this road he was on. It told him he would not make it. That when he got to where he was going he should make new plans.

"Damn you," he yelled at it in a raspy, almost unintelligible voice. "You are not real anyway. I know what is real and what is needed. You are a delusion, a delusion and he threw a handful of sand at it and then another and another."

The cloud and lights disappeared from sight for a few moments, only to return a few feet beyond where they had been. The voice told him to regroup and try the whole thing from an entirely different perspective, for a different reason. To take a diffent route to bypass the time he had lost himself in.

Again he cursed it to hell and a brutality rose in his heart and eyes, one seldom seen even in animals. And in the solidity of his defiance, the voice did not return again. Not in this act.

He rose now in one oddly smooth motion, odd because of his state of exhaustion, and quickly moved to the top of the sandy hill in front of him. Pushed on by anger at the thing that had tried to stop him from seeing his new horizon and attaining his reward. His glory which he rightly deserved.

A few more steps now and he gazed down into an extinct volcano. In the center at the bottom were green trees and a lake surrounding a

village. In the center of the village was a
pyramid shaped building with steps on all sides
of it, all the way to the flattened top. He saw
that there was a bridge over a rather narrow
part of a small lake which stood between him
and his new world. He moved toward it all
now. The voice, wherever it had come from
had been wrong. There were stories of riches
here. He had made it.

As he descended, hope moved his legs faster
and faster and he saw nothing but victory. An
observer would have seen him trying to capture
that which was lost in another place. What had
been killed and taken away.

He was making it easy for the time makers.
Their job was just about finished.

Soon after what he thought to be sunrise he
awoke, walked down the remaining hill to the
bridge and started across the river. Halfway
across he looked down into the rushing water.
The almost harmonious conflict of the
whitecaps was necessary, he thought, if all the
water was to end up together in a calm pool at
the end of the journey. As he exited the bridge
he looked back. The steel girders seemed to

be an elaborate coffin, a steel spider wed, waiting to snare the unsuspecting.

He walked on, entering one of the main arteries of the beast, full of cars, people, tall buildings and various odors. Immediately he only wanted to leave this place, this place of heavy faces and struggling, competing machines. He wished his mission were over and done with.

He merged into a wide line of people on one sidewalk and began his search for her. He remembered the girl, the boy, and the place more peaceful than this.

There was a sense of awe in the entire thing, the buildings, food systems, fuel systems, monetary systems, health systems, everything necessary, for some. A place of testing, of growth. Agony and too speedy a death for others. And yet the ones who went too quickly left a path that others would follow.

Awe struck him and overcame him. The greatness of this place! It was much larger than it had appeared from the top of the hill. The opportunities which would present themselves would be tremendous.

It would be easy. Whatever he had to do to make up for past errors and losses, he would do easily and quickly.

He drank from the shore of the narrow lake and then jumped in, still wearing the cloak that had protected most of his body from the terrible sun. He washed it and it dried quickly while he caught his breath.

Food was the next thing. Food to take the pain from his weary muscles and the pain in his stomach.

Then he proceeded across the tiny bridge and into a growing maze of people, goats, chickens, horses and in the distance, sellers of all kinds of wonderful things, things he would acquire.

He came upon a well in a small communal area of several small houses. He still looked the worse for wear, with his sun-baked, unshaven face and raw hands from pulling himself through the sand and small rocks and the blood on his sleeves from cuts and abrasions.

The young woman at the well, who had just raised a bucket of water, saw him coming and poured some into a wooden cup for him.

"Where have you come from?" she asked, as he grew near to her.

He pointed to the desert behind him. "Out there, across the desert." He took the cup from her and drank again.

"No one comes from out there, not without horses. How did you do it?" She did not wait for an answer. "You need food. Stay here, I will be right back," and she walked quickly toward a row of houses, each attached to one another, with roofs made from branches, mud and hay.

Halfway to the house she turned her head slightly to see if he had remained. He had not moved an inch. He knew in his mind she was the one. He felt the power between them and he knew she had also felt it.

She quickly returned with a basket of food under her arm for him. Returned to the image of a lost rebel, an image of her inner self which she was openly afraid to express and show. Yes, she had felt the energy, energy which might allow her to escape the circumstances she had been caught in, which had imprisoned her for many years. She knew immediately he was part of her, part of her anxious, restless spirit.

To escape from here, to have hope of escape from an abusive past and the tragedy of loss.

Even the priests had misused her, in the name of god, when she had gone to them for guidance. They had taken her money and they had tried to capture her soul, in the name of hope and love.

Her heart was not cold. She should have become cautious of everyone but instead grew counte-phobic to risk, like an open sore waiting to become re-infected.

And yet there would be love between them. And she knew about visions herself. She had seen his face in one before he had arrived. She felt it had been a good vision, one of completion and a future and she would never be alone again, she felt, if she followed this one. She would be his helper in time.

How long a time it would take for her dream to come true was the thing she did not see. She would not know about the metal bridge until much, much later. It was just as well.

He came to a large intersection on a slightly less busy street. In the girl's final briefing, this was the name of the street she had mentioned, that her mother had mentioned. He was still being bumped by other pedestrians and when the light changed, they actually pushed him on and across the street.

Now of the two possible directions, he wondered if the one he was moving in was the right one. At that moment he saw a ghost-like image of a young man who greatly resembled the boy. The image was ahead of him and moving in the same direction as him. Then it suddenly disappeared. He said thank-you under his breath and continued on.

His mind wandered to the woman he was searching for. He would not know until later that she had come to terms with many confusing facets of her own history. Alone for months herself, she had become introspective and it had allowed her to a great extent to free herself, with the help, of course, of the boy. Free herself from the steel web of history.

And she had become a bit of a mystic. Maybe it was the boy telling her to reach beyond herself. That she did not consciously know.

"Follow me," she said to him after they had both been silent at the well for quite some time and he had eaten much of the food she had brought him.

He willingly obeyed her as she led him back to her house and willingly obeyed her when she pointed to a mat in the rear room and said, "sleep now, as long as you need to. You are safe. Sleep," and she left him in the dark and returned to the front of the house and sat on a stool next to the door, and thought many thoughts, and planned her freedom and new life.

Next to the rescuer's house was a smaller one where her daughter lived. The two, mother and daughter, had been very close as far back as both could remember. When the girl had seen the two coming down the street from the well she had politely withdrawn into her own rooms to avoid any awkwardness.

The daughter was also in a state of flux. Her husband had simply walked away one morning and never returned. She had been loyal to him and had loved him and did not understand. He had not deserved her attention and sacrifice. She had a feeling, an intuition, that he was dead and that he had chosen to live in a state of darkness.

She felt her interests and feelings clashed with everyone else's. She acted too young, too silly, even for herself.

The positive thing about her was that she was searching for the higher power. She wanted to serve but she did not know the object to humble herself before. If only, she thought, she could really find that loving, kind deity.

Sometimes, when she had psychic moments, she felt her ancestors, ones she had never met, were close to her. She could almost see their faces and feel their breath and attention.

When those moments came, there was no separation in her mind. No more fragments to be reunited. No more pointless goals of revenge and fighting losing battles. She would convey all of this to her mother but her mother would not listen, and this saddened the girl very much.

He finally decided to walk to a small restaurant they both had known. She was not there. He stayed and ate and then found a small hotel for the night and went to sleep very early, in anticipation of the next day, the next days.

When he finally found her, he would notice the change immediately. Maybe it was what her daughter had said to her in the past, maybe it had finally sunk into her spirit.

It had taken the younger to teach the older. It had taken the one open to magic to break the bonds of temporality, memory, and struggle.

When he awoke in the back of the hut it was cool and close to sunrise. He saw that she had placed food and water next to the bed and he quickly consumed both.

"How do you feel?" she asked, anxious for him to be awake.

"All right, very good now. Thank-you."

She stared at him without speaking. He stretched out on the bed again, took a deep breath and taking a chance motioned with his hand for her to lie next to him. She hesitated and then, contrary to her cautiousness, pulled off her tunic and grabbed his outstretched fingers.

Once under the light cover with him now, they talked for several minutes. He asked if she had had a husband. She said yes, that he had gotten into trouble in the inner city and had never returned. Nothing was ever heard of him, ever again. He learned about the daughter, and her parallel story.

He told her he was no fool, that he had come

to make his fortune, to take back what had been taken from him, and leave.

He said they would leave together. He tried to sooth her fear by telling her life would change when they were out of here. He would be smarter than her husband, than anyone. They would succeed together

After they made love and were quiet for some time, he continued, "Tell me everything you know about the city. About the traders who come in from the north with food and leave with the treasures produced here. In my life I have heard of these people coming and going, with great wealth."

She told him all that she knew, how everyone was afraid of them and that they traveled in small groups for protection. It was possible, she thought, that her husband had been taken prisoner and sold as a slave somewhere beyond the seemingly safe walls of this volcanic canyon.

He said he would rest the entire day, sleep again, and then the following morning enter the city and learn everything. After that he would take action, and do whatever was necessary to give both of them a new start in life somewhere else. To give both of them happiness.

She was partly excited by fear, and partly excited by the possibility of success. She bought into it. It was a dream that might come true, and she felt, in the end, that she had to have the courage to become the dream.

In the hotel room he went to sleep quickly and the Indian came to him again. He told him the boy knew where he was and where he was going and to keep his senses sharp and intact and to detach himself to some degree from his surroundings.

He was told that the answer sometimes comes only in the final minute and not to give up the pursuit, even when it all looked hopeless. Sometimes the end is not the end, he told him.

In the morning he dressed quickly and returned to the same restaurant, ate, and sipped coffee at the counter, hoping she would somehow get the feeling to come to him. Just relax, he said to himself, and let synchronicity kick in.

PART FIVE

All losses become gains, gains losses
over and over , in border towns; generations
expand separately, painfully contracting
with greater silliness, without division
only at transition time, only with the power
of the lonely one at the final gate.
Safe and constant, selfless servants
rewarded by release of others
which the river tried to take away.
Duty the constant for the water bearer,
destroyer of illusion, death
of fear and trembling.

Call it intuition, or destiny, or listening to the

quiet voice inside, she did come to the restaurant one more time. She had come fairly frequently toward the end of her time in the city.

She saw him right away when she entered, paused a few moments and then boldly walked to the lunch counter and sat down next to him.

"I really do not believe you're actually here!" she said and reached over and touched the back of his hand. He put his arm around her shoulder and squeezed her.

"Something is vastly different now," he said after a few awkward moments of being emotionally tongue tied.

"Yes, everything. I'm excited and I'm not sure I know why, but I know it's all right."

They both seemed free to each other.

"I don't blame you you know. I needed the chaos too, and I'm sure I made it worse. I wanted to be angry and blame. Blame only compounded the negative. You can't fly with blame."

Neither of them now had a craving for negative reinforcing. They had had enough of that. Now they only wanted completion in the field of action. And to somehow go home. She did not know yet what that involved, nor would she have wanted to know.

The city had been a kind of children's make-beklieve story to her. Looking back in time and history. A final release. Looking at the superficiality of human endeavor, in a world of glass and metal, she wondered why she had taken it so seriously and not simply for what it was.

She said the word out loud to him, "history," adding, "let's go now. Let's get out of here now."

He rose early again, quizzed her one more time about this city in the southern desert and realized she had no more information to aid him in his quest.

She was still waking up. "When will we leave?" she asked, trying to eliminate any more guessing over the entire situation.

Leave because acceptance had not occured with either of them. The makers of time had created just enough struggle in their lives to entirely destroy faith. Instead of a garden, the field of action became a war zone.

He chose to even the score. More separation came from that and a greater solidification of the wounds and the injustices he and she had suffered.

"As soon as possible. I want it all to be over quickly, just like you," he answered, mulling over many thoughts at once. He would attempt to kill something which was no longer real, that being history.

He left the house quickly and came to a more central area where the streets were lined with vendors sitting under cloth coverings to mute the sun's killing rays. Some were craftsmen selling gold and silver jewelry covered with brightly colored gems. Others sold food, others clothing, others items too numerous for him to keep track of.

"You," the traveler said to a lone merchant at the end of one street selling bread, "where are the ones from the north who come on horses? Where do they stay?"

The merchant did not answer immediately. He slowly evaluated the man standing before him.

"Do not be so stupid as to deny me the information," the traveler pressed him again.

"You would be better to stay away from something too big to handle. They would eat you alive." He paused. "Yes, I will tell you. That way," and he pointed down the street. A long walk, and then left at the alley way."

"I know what is in your eyes," the merchant
said a little louder to the one who now walked
quickly away. *"Come, sit in the shade here and
think of another way. Go no further."*

*"Stay in your shade and grow old. I have no
time left, for that."* He resented the offer and
the observation. *Your life passes you by."*

"But it is only life. There is more."

"How little you know."

Just then the merchant's son came forward
from behind the stall. The merchant started to
push the child back, who appeared to be about
seven years old, away from the traveler.

*"He will be there for you and the girl, and
them all, at the crossing. Remember I was
here, and that only episodes cease."* The
merchant had stopped wondering about the boy
a long   time ago.   He just assumed and
accepted that he was strange, and always
would be.   In the past he would have
appologized for him but down deep in his soul
he knew the child was beyond him, and he
accepted it in a sideways kind of way, out of the
corner of his eye.

The traveler, who had momentarily turned
toward the child's voice, turned again away
from the booth.

Time now for wealth and freedom, he thought to himself as he walked on even more quickly now, ignoring the child's incomprehensible words. He waited until dark to secretly observe the traders he would ultimately deal with, and yes, destroy. Whom he would seek revenge against, for the woman.

He observed for many more nights and days. Movements, time of movement, number of people, male and female. He would return to the woman in the small house in the early morning hours during this process and she would hold him in her arms and hope that he would be with her forever. Tightly, as though time had run out.

One night he knew it was time to act. The horses, the loud talk and strong drink always began at dusk behind the double wooden doors of the barn at the end of the street with one entrance. Doors through which valuables, some acquired legally and some illegally, would enter, exiting only when the small caravan was ready to depart this place.

He passed a hitching post where four horses were securely tied. He did a double take. Out of the corner of his eye he saw movement in the darkness. He focused his eyes to see the boy who had talked to him at the bread seller's stall sitting cross-legged in a dark corner.

"It is not my time, do not worry about me. Take care of your father, and your own life, little one!"

In another time, without the partner he had now, the fear and loneliness would have overcome him. Deep inside him, he was more afraid of the power coming from the boy than the voices behind the doors. Odd, he thought.

He quickly grabbed the reins of one of the horses, threw them over the animal's neck and quickly mounted. He had committed himself now. If the boy shouted an alert he would have to ride off quickly into the desert and then return later.

As he quietly exited the alley, he looked back and the boy was no longer there. It was strange but he had no time to figure it out.

The plan was, essentially, to wait in ambush with one of their own horses. He knew their route out of the city and he now knew when they would leave. This he had overheard. They would be angry at the loss of one of their horses, but they would have no time to go looking for it if they were to stay on their schedule.

He went quickly through the sleeping city and part way into a rocky pass which ultimately led into the barren desert to the north. He hid there a day and a night, waiting for the traders to come along with their valuables.

When they appeared in the middle of the night, they were moving slowly because they were one horse short and the animals were heavily laden. It could not have worked out better for the one who waited, for the one who now must act.

He positioned himself on top of a large rock. The traders were spread too far apart and as the last one passed below him he jumped quickly, tearing him from his saddle and striking him on the head with a large rock at the same time.

He took the long sword from the saddle and when the three remaining riders returned, still spread out too far, one by one he struck them down in the darkness, beheading the last one.

If the drama were being observed by a third party with total historical knowledge, this was, perhaps, crude karmic justice for the other time in another desert when the once great one was cowardly attacked from behind by the murdering invaders.

Now he was exhausted. He could not believe it had gone as well as he had hoped. He pulled the bodies from the path and hid them in the rocks so that they would not be found immediately. He gathered the horses with their wealth and took them a little further into the desert where he dug a shallow hole to hide the valuables until he returned. He placed a handful of gold items in a shoulder bag to show her that he had been successful.

As he mounted one of the horses, he scattered the others knowing they would slowly return to the city for food and water. He thought whoever found them would probably keep them.

He returned to her just before sunrise, dirty and with blood on his clothing. He told her he had collected on a debt, for both of them. He told her it had probably been the ones responsible for her husband's disappearance and probable death.

"I guess that's all right, then," she concluded. "If they were that bad, so be it."

And then he showed her the gold and silver in the bag. We have a way out now. It is over."

The flaw was that there had been a witness to his crime. A woman, a sometime companion to the four horsemen had decided at the last minute

minute to join them on their return trip to the north. She had run after them, finally catching up just as they had met their doom. If she had followed him further into the desert and known where he had buried the treasure, she would have had no further contact with him. That would have been too risky.

She watched the traveler for several days. She watched him go in and out of the house. She saw him with the woman. She even knew about the daughter. She was greedy but patient, hungry for the world but with great self control.

Finally one morning she confronted him at the well when he was alone, fearful he was about to leave the area with his partner. He had gone for water for the horse which was hidden behind the house.

"I know who you are and what you did to the traders." He had been pulling the water bucket up by a thick rope. His hands failed and the bucket went carreening back into the darkness. She continued, "I followed them because I was going to join them, and I saw you."

"What do you want from me?" he asked, slowly regaining his composure but still quite stunned.

The woman who had been a paid servant of sorts to the now dead horsemen thought about toying with the traveler. Then she thought differently. She was on her own now and she had to be shrewd. She could get others to help her hurt him, but for what. Vengence? Not for the foul ones who were now dead!

"A part of it, only my part that I earned, being their companion. I know there is enough for both of us, even if your friend goes with you. I assume you will leave quickly now."

"Yes, we will leave quickly." His only hope was to be at least half way honest with her. "Yes, of course, your part. There will be no trouble with that. In two days you will have what you want, your fair share. I am not greedy and I am not a fool. We must not hurt each other."

"I know," she said, solidifying the compact. "There will be no trouble. It will surely be strictly business. It is much better for me that it turned out this way anyway."

"Here is the schedule," he said to her. "In two days, shortly after dark, meet us in the pass. You will probably be watching us anyway

so there is no way we will be able to cheat you. I know you could send others after us if we left without giving you what you want."

"Until then," she concluded, and quickly walked away.

He took a long walk after she left, thinking things through. At one point he crossed a small bridge at the edge of the lake. Looking down he saw bubbles rising rapidly through the water and he felt a slight vibration in the bridge under his feet. The chirping of birds nearby was not a peaceful sound. Perhaps they sensed danger also.

Shifting of the earth, he thought. It is dangerous here now for many reasons.

"We have to leave tomorrow," he said, retracing his steps quickly and returning to the house. "We have to go north tomorrow morning. Later today I will take some of the silver and trade it for another horse."

He gave her all the reasons for leaving. The witness, the bubbles in the lake and possibly someone else figuring things out if the witness talked too much.

She agreed with him. At least they would be together. She told him her daughter would not go with them, at least for now. He said he hoped the girl would be safe here.

"She is stubborn, and she is of age. There is no way I can sway her mind."

His thought in leaving in the morning was that the witness would still be asleep and not expect an exodus in broad daylight. He felt that every extra minute spent here only increased the danger.

The two lovers slept nervously that night. He rose before her and brought the horses around to the side of the house. She rose and went to say good-bye to her daughter, told her their general destination, and said she would have no trouble finding them if she were to follow later. The girl said she would seriously think about it.

The two moved quickly now through the quiet streets and alleyways, trying to be as inconspicuous as possible. They moved through the rocks where the ambush had taken place, and beyond, into the desert where the wealth lay hidden.

Everything happens quickly when it happens for the worse. As he was digging, two men rushed him from behind a sand dune. The *witness was right behind them. Death to the two who sought freedom from the past came quickly.*

"I knew you would try to take it all, you fool!"

And the blood curse from the wealth changed hands. The new owners would hold on to their mateial security for only a short time.

The bloody bodies were left unburied in the sand and rocks. The daughter soon heard of her mother's fate. She went to her, and her companion, and single-handedly buried both of them together in a grave close to where they had fallen.

She grieved for days and would not leave the place. She felt the earth shake and could hear distant screams and crashing sounds from the city behind her. Animals ran past her in terror, trying to escape the fear and turmoil.

Days passed. No more animals ran from the shaking and destruction. She lay dehydrated in the sand, her parched lips unable to make even a gasping sound. In her final minutes she looked out into the sandy nothingness and saw some red spinning lights around what she thought was the shape of a boy who was now walking toward her.

She thought he was very young to be out there

alone and then she realized he was a little beyond the physical world and nothing could hurt him.

"You will go on now and be with me. Even the animals which passed by will be with us. You will learn the power, and return one day when it is peaceful, and there is no evil left here. But for now, release yourself from here willingly."

He pointed to the graves she had dug. "The sand holds no one, only the shadow of themselves. The two are protected now, and it is their desire to win in the end. Both of them searched for me in the past and I forget nothing."

"He said more to her spirit in her last moments, of how he loved her. He told her she would like her new home because it was simple, the way she liked to live. The boy said that her time in the desert was just one moment out of forever, that the core of her would have the last laugh at it, that she would return to the light, which was her real home.

She would learn, like him, to be selfless in her service, and fly faster and higher than the wind, where few could go. Where few dared to go.

As she passed into the light, she would see her

mother for a short period and then she would go to the city again, and then she would return. Impatient as she was with this, she accepted it. She understood that her mother had to complete one last image in her mind, and the mind of the rescuer.

PART SIX

History says time is the retrospective lie,
aching to free itself from its repeated images,
the thought of non deception is the leap of faith
at the river, after the bubbles break, and defies
temporal, non eternal.
Leaping separates pointless armies from
the lonely one and those protected
in the safety of the light.
Worldly son, daughters, I am the ageless child
who will find you, forever in my timelessness.
Do not mourn obvious deaths, the light holds
more than all and everything.
Search for me when all is lost, with failure
falling all around and worldly exit routes are lost.
Faulty power enters the loser in obvious worlds,
giving us, forever, together.

The longer he was in the city the more forboding it became. The increasingly nagging smell of waste, fumes, the sense of time, all combining and making more time in his mind. The buildings creaked, the cars hissed loudly at him now, in mock rebellion for what he knew.

The apartment house she led him to was not far from the restaurant. The red brick exterior had become almost black with soot and foul air. In front of the modest building were two long rows of garbage cans which looked like they had come through a battle.

"We're on the third floor," she said to him, and then chuckled at saying the word *we*. "It looks run down. It's so expensive to live here, even when it's this run down."

The second and third floor stairwells were a little brighter than the first. He saw two rats running down the stairs against his movement, passing inches from his feet.

She unlocked the door to the apartment. He entered behind her and went immediately to the one window which faced east. She joined him and they cautiously put their arms around each other.

"Is it over?" she asked.

"Only the past."

"I tried to replace you, but there was no good sense of rhythm in it."

"Didn"t work, huh.?" He did not know what else to say. He had experienced the same thoughts.

"No," she re-emphasized.

"I watched and re-lived it all from the beginning. It's a bit boring, don't you think?"

"I went back in time," she went on. A little at first, and then all of it became clear. I saw generation after generation of my family, caught in the same rhythm over and over. I saw barren lands turned into city-states, fear and greed causing more and more confusion. Curses and abandonment, and somehow I almost ended up just another brick. It was hard to break the cycle, and move on."

"And then something the boy said to me about a long cycle of completion and a new time for everyone..."

"The boy, they, both of them are all right, they are well. I saw them."

"We go back tomorrow then. We have to go back, to be with them somehow. But how does it happen. I don't understand."

He could not give her a clear answer. He knew he had to come to the city and leave with her, but he could not give her a clear cut answer. It was the one thing he could not see because it was totally illogical. He knew the bridge had to be crossed. He knew they had to leave this place, this border town of sorts.

"We will just play it by ear. I know we have to cross the bridge." She looked into his eyes, unable to formulate any more words or thoughts.

For a moment right there when her mind stopped working she thought she saw the boy next to him, playing part of the role of this other person whom she was trusting, this person who had come for her.

Suddenly everything became settled in her mind. She trusted the boy. She would go along with this, this strange journey.

Before they went to sleep they talked about superficial, non serious things to relax themselves. At least, in their minds, they were together.

They slept so soundly they did not see the Indian come through the room with a small herd of buffalo, taking them home on the same route.

The traveler awoke in the morning to the vague smell of wet fur.

"Maybe we have the tools now," she said when they awoke."

It was time to leave. "We passed a grocery store on the way here," he said.

"Yes, get what you think we'll need and I'll be ready when you get back."

"Just some snacks and drinks. I'll be quick," and he was out the door and down the three flights of stairs.

As he approached the store he felt something brush up against his leg. He looked down to see a very dirty, exhausted dog. It almost looked like a wolf to him. He tried to walk past it but it would not leave his side.

"All right, wait here while I get you some food." It waited patiently at the door of the store for its new master to return.

"You want to leave too, huh," he said, returning to the animal and feeding it some sliced meat. "Come on then," and they both began the walk back to the apartment.

Once back, the two washed the animal and gave it some more food.

Rest now, rest for a few minutes," he said to it. "We leave shortly."

It was close to noon when the trio descended

the stairs for the last time. The dog, the wolf-like creature, walked along next to them quite happily as they weaved their way through the maze of streets, lights, and harsh noises toward the edge of the city, and the bridge.

"Four blocks east of here," she said, "and then a mile or so further to the bridge, and we are out of here and on our way back, somehow."

He heard her words but he was lost in reflection. His thoughts returned to the time of the ambush. He still wanted to force the world to obey his desires and make this entire thing, whatever was left, easier. He knew that was wrong. He felt loss again, and a little fear. All of this because he did not know how this would work, this point in the world of time to which he had to return.

No, he would not give in to the makers of time again. Fight the illusion and think of the boy.

"Do you know that nothing is lost?" he asked the dog, and the dog immediately barked for the first time.

And yes, he had protection. He still had the dagger in his pocket. The subtle power from it now fought his resistance to complete the journey. He had no power over her life, the one he had come for. He could only be where he had allowed himself to be placed, back in time.

Turning a corner as they began to close in on the bridge she pointed to the building just ahead of them now.

"This is my bank. I might as well run in and get what's left in the account. It'll only take a minute," and she was gone. He and the dog waited patiently at the large glass doors. This is not necessary, he said out loud to the dog and still did not totally understand.

They waited in a bright stream of sunlight that came through a gap in the buildings. The dog looked down and barked at the sidewalk several times before its master felt anything.

At first it was a vibration, and then it became a soft rumbling. And then the rumbling grew until everyone within sight knew what was happening and started to panic. Soon the buildings began creaking and small bits of material started to fall from above.

She came out of the bank just as he was about to go in after her.

"The bridge," she yelled above the escalating sounds of crashing glass and honking horns due to the failure of the traffic lights, and they started to run.

A large sign fell on a group of people just in front of the trio, also trying to get to the bridge. Some of them were bleeding seriously.

"Go ahead to the bridge, go across and wait for me, for us. I have to help them, Go ahead, we will be right behind you."

New and deeper cracks were now appearing in the streets. She did not want to leave him and go on alone.

"We can run quicker without you. We'll probably catch up before you even get there."

She gave in and ran on ahead, looking back once to see him wrapping cut arms and legs with torn pieces of shirt.

Beyond that, he told them to help each other to the bridge when he could do no more for them. He and the dog now jumped over cracks and raced to catch up with her.

Finally, near the entrance of the span, he saw thousands of people waiting to cross over.

"Stay close to me," he said to the dog, and he began pushing through the crowd. He repeatedly pushed and waited. They had not yet stepped onto the steel girders when he heard what at first sounded like gunshots. He quickly realized the cables on the bridge were snapping.

The swaying motion became greater and greater until the screaming became deafening. The ones crossing over were caught in a time bomb.

As the bridge began crashing down he tried even harder to push through the crowd and enter it. The dog barked several times, snapping him back to reality. He pulled back.

Maybe she had made it across before it fell, he thought to himself. But he was not so sure. He walked further away from where the bidge had once been and where the screaming now was no more to try to gain some perspective.

"Which way do we go now?" he said to the dog. They soon began walking parallel with the river which was now rising due to a rain storm which was coming their way and compounding the catastrophe.

He had tried to take her back out of time, and had failed. He thought he had it all figured out, but he had not. He had failed.

PART SEVEN

Border towns fall to those who possess time,
burned at the base of glass and metal stakes,
defiant to the finish, time not on their side
of heartless karmic rivers of dark, shreaded dreams.
Beyond the logic of darkest limited dreams,
those caught of mental merchants of fear,
only the child, the lonely one,
cohesion aiding in the leap of faith.

They walked on for quite some time before
they looked back. All he saw, through the
continuing rain, was a tall, black spiraling cloud
rising from the city. The rumbling and shaking

had stopped, but not the rain. The river off to their left swelled to the point that the rushing water could be heard a half mile away.

Night came, the first night away from the bridge. They slept in an abandoned house. The earthquake had taken its toll over a widespread area and people had left their powerless, waterless homes to be with others in large groups for their own safety.

He could not stop second guessing himself on sending her on ahead. He had thought she would be safer. The chain of events still overwhelmed him. He thought of the myth that only gods can cross over on bridges and that mortals had to cross under them. Was that him now, a lowly mortal looking for a second class way across?

In the morning, the traveler and the dog awoke to the sound of light rain and started out again, looking for a calm place to cross. What kind of river was it anyway, he thought. What kind of barrier stood between him and the woman and girl now? Not only them, but all the others as well who had gone over.

Suddenly the figure of a man jumped out from behind a parked car the traveler and the dog were walking next to. With knives in both hands he quickly lunged at him. The dog without hesitation leaped and grabbed the attacker's throat, twisting visciously.

"Ambush," the traveler said out loud. "That's enough, don't kill him, he said to the animal, waving it away. The attacker, gasping for air with a hand at his own throat, escaped quickly into some nearby trees.

More days of walking and more days of rain. The river swelled to new highs. He grew tired of the roar of the water. Food was not a problem. There were more deserted homes with enough food in the pantrys to feed an army.

One night, in a more remote, outlying area, the two found an old barn to sleep in. There, in the hay, in complete exhaustion, he slept deeply for the first time since the disaster.

And dreamed.

The final dreams. Images sent through his mind to clarify and condense the experiences which had led him to this point.

He saw that there had been a dagger, and that

it had failed. And then there had been another one, and it had succeeded. And it had spawned the boy, who had ovecome the dark ones from the first failure. And then he saw that there had been many more which had succeeded in many places far off into the skies, in remote star systems, in remote galaxies, most always willing to help find the path upward for those willing to take the chance.

In the dream he found a fountain and dove into it. He saw places far away from him in normal reality. He saw knights on horseback and knights in fantastic flying machines. He saw that the true fountainhead could only be accessed through total trust and a great amount of passion for the dagger and what it had spawned. The higher vibration from this attitude was the only protection for where he had been, and where he had to go, go to places with nothing less than pure, uncontaminated energy.

In a way, he thought, it would have been easier to fight and slash one's way to victory, rather than transmute energy. But then, he knew that was faulty logic, he knew from experience. Even with a magical sword pulled from a rock, the warrior still had to rise above the field of play.   Maybe someday he would have to return, temporarily to mundane, physical action, but first he had to do this thing ahead of him, ahead of he and the dog.

To pierce the veil was huge. He saw that the only way to overcome evil was to allow it to isolate itself and self destruct.

He needed this foundation of thoughts for the leap beyond the archetypes in the morning. Beyond the burning city. He was told some cities had remained untouched and greater ones than ever imagined would be built as well. But they would be built not out of greed but out of respect for fellow travelers.

In the short term he saw the millenium, and how the dagger had cut the umbilical cord to the field of action, and how, at a later time, it would temporarily re-establish it.   His inner voice spoke about accessing far away places, in and out of time, with more beauty and information than he could now imagine.

He would find the protected place the Indian knew about. He would find it, were even eagles could not fly.

MILLENIUM

Dark side down, timeless knights
lost in eternal everywhere, now,
at the center of the cross, at the
childish center of power of the indefineable,
not seen since the explosion.
Dead white warriors rise, re-embodied blueprints,
cleared dark records of timed impressions
of the great repressor and suppressor,
unhealthy shadows of the once evil one.
The ones we did not think would fly so soon,
once again with us, just like us, wanting to
show and tell about places beyond human limits,
transcending history and myth.
Show the child at the center of the cross, joined
to the outward sections and Sagittarius

turns and slays the scorpion and the ram
bulls his way through the last battlefield
and hidden gate of mystery, power unearned
coming anyway through the child of the age,
the water bearer, pouring nectar of the gods
and freed ego into my spirit dream. I was afraid
The sun tilts and the magnetic field wanders,
but has no sting. The gates do not take me back.
The weapon is with me, tragedy is dead, no,
not even that. The bird is free in crystal worlds
which do not break, full of shiny roads.
I was born on a river between two lakes,
caught between hanging crosses, caught
in the backward flow.
The lakes grew bloody, demanding
a bigger world and a bigger truth.
The solitary one remains above rising
and setting suns and moons, but in communication.
Praise the boy.

Only the beginning. One to take away the
chaos, one to take away the two. one the last,
the gate, to become.

He awoke to find the dog licking his face.

"Anxious to get going, are you?" The dog
gently grabbed the traveler's hand and pulled.
"Okay, okay," he said as he stood up and
stretched. I'm up."

The dog turned and looked at the still closed

barn doors. As the traveler opened them, sunlight streamed in through a crystal clear sky. He looked to the west and could no longer see the column of black smoke from the city.

The two began their walk along the river bank again, still looking for a crossing point. There was a gentle breeze, and the reeds along the bank bent with it, uninjured, making a gentle sound.

"The river is bound to get narrower up ahead," he said to the dog. Now he knew the barrier was not just physical, not just what the eye could see.

Then, out of the corner of his eye he saw movement on the opposite bank. The dog had already stopped and was gazing intently over the small white caps.

Then the boy on the white horse emerged from the line of trees, remaining very still, the water almost touching the horse's hoofs.

"Don't go into the water," the traveler yelled across to him. It's too swift! It will take you downstream." Then he thought, who was he to be saying this to this huge power.

The boy said nothing. He looked beyond the traveler and saw again all that had happened in the city.

Suddenly the boy and the horse began shimmering, with red lights rotating in the air all around them. In a flash they leaped toward the water but did not touch it. Instead, they flew above it, quickly and with no sound from the animal whatsoever.

"Of course, it had to be this way," he said to the dog. Are you sure you want to go with me. Think about what you are leaving."

It was a rhetorical statement to himself. The dog was captivated by the large flying animal.

The horse and rider were across in no time. It still did not touch the ground, and the traveler knew why. It was not relative to the animal.

"Most have not gone the way you go now. Come with me."

The traveler picked up the dog under one arm and to his surprise leaped effortlessly upon the horse, behind the boy.

Suddenly and very quickly they were in a tunnel of light that shocked his entire being. He remembered looking down at the dog and the red lights and feeling no weight from the animal under his arm.

Then time condensed and became unbroken. Everything and everyone was there with him now.

And then they were on the shore, the mystical shore a few had talked about. The boy became a ball of light in front of him and he saw him a thousand years into the future, unchanged, and still with the horse.

The dog stood on the ground now, a slight glow around it, afraid to take a step at first.

The traveler now saw the house at the end of the perfect meadow. The woods to the left were no longer there. He remembered the old book being thrown at him from the burning city.

They walked up the meadow. Other people were there, greeting friends they had not seen in a long time.

The girl ran out of the house when the traveler, dog, and the boy on the horse approached the steps.

"She's here. She arrived just a little while ago! And you found the horse! Why did you take so long. I was worried. You're all right." She felt awkward and did not know what else to say. She stared at the boy as she always had, in complete fascination.

She had waited for her mother for a lifetime, one which had been more of a test for the older woman than for her. Waited for her to play out the script once more, only this time with the win, where the knight crosses over on a clear day, where the minds contain no burden.

The woman came out of the house and went to him quickly and hugged him tightly. "The road we were on, in the mountains, when we were looking for a safe place. I was so angry at you."

The girl came and stood by her mother. Her words were directed to the traveler. "We were talking in the house, remembering the time in the rocks when the earth shook. I thought that was it. I thought it was all over. And then the boy came to me alnd talked to me."

The boy watched their thoughts. Visibly he grew faint now, but he would never really leave them. He would eventually draw them to a higher place.

The dagger would remain with the traveler. He knew better now than to consider it unimportant.

The dog was the amazing thing. A rejected guardian of the dark gates, the light in him was released at the river crossing. Soon after the boy had stroked his head and left, the animal learned to change shape into a large bird, very much resembling a falcon. And his dog form became larger and came to look like a purebred wolf. When he flew he came to be called the *fal*. In that form he would often fly to the river and soar along its banks, watching for others who might cross and need direction.

The bird knew he would someday travel back to the other world, to the gates he had guarded for so long, which had contained sorrow and death. But he knew now and then that he could no longer be touched by darkness.

Fal would fly above the horse as it ran through the hillsides, where there were no fences. The children were constantly amazed when he would land and change form again. They would run after the dog and when they were about to close in on him he would simply change and fly away again, which is what they wanted him to do, which is what he knew they wanted him to do. Fly!

RETROSPECTIVE

They had time to talk now, if you could call it time. The three of them as well as many people from the past would sit around the kitchen table and talk continuously. The boy would visually appear to them at times and then sometimes they could only feel his spirit. Once in a while a female spirit would come to them in his place. They nicknamed her Sophie.

As visitors came and went, the traveler became very curious. The periodic appearance of the boy and Sophie somehow told him he was not finished yet.

When he was looking into the past and the future and became confused, one or both would appear and somehow clear things up.

The traveler wondered what had separated them all in the very beginning, beyond their own personal vectors in lives. What, he asked himself, had fractured what he thought of now as a tribe of people thousands of years ago, and what had maintained the fracture. He was at the tail end of a story, and now he would communicate with others and study historical information now at hand in an attempt to solve the mystery which loomed in his mind.

He began talking to people from other parts of time and history. The usual causes of fractures, as he knew well, were the abuse of power, control by false wisdom, and greed. But he knew these forces vectored into a center point, possible religion of one kind or another.

The woman whom he had searched for in the city took the name Evelyn from the distant past, and the girl took the name Christine. They too felt the need to uncover the entire mystery, primarily because they had suffered from being controlled by others, by others taking their strength from them.

Once, as he studied his notes in a chair on the porch, a extraordinarily bright white light came and encompassed him and *fal,* lying by his side. The dog immediately rose up into the light and became the hawk.

"Return to him *fal,* he will need you when the time comes for him to go back."

The hawk reluctantly returned to its master's feet. As soon as the great light had come and talked to him, the traveler knew that he and Evelyn and Christine were simply in a temporary resting place.

He had to uncover the secret and he knew he would have help.

"We may have to periodically leave this place, from time to time," he said at the table one day.

That was something they already knew.

TINBOETH

Tinboeth

Gwasg
Gwynedd

Argraffiad cyntaf — Tachwedd 2007

© yr awduron unigol 2007

ISBN 0 86074 244 X

Mae'r cyhoeddwyr yn cydnabod cefnogaeth ariannol
Cyngor Llyfrau Cymru.

*Cyhoeddwyd ac argraffwyd
gan Wasg Gwynedd, Caernarfon*

Cynnwys

Miss Huws

'Os wyt ti'n ferch efo gradd, ac yn dal heb briodi erbyn i ti gyrraedd dy ben-blwydd yn dri deg pump, ti'n mynd i fod yn sengl am weddill dy oes,' meddai Fflur gan sipian ei Merlot cynnes. 'Dyna pam 'nes i fynnu bod Dewi'n fy mhriodi i pan o'n i'n dri deg dau. Do'n i'm yn mynd i fod ar y silff, ddim diawl o beryg!' Mi edrychodd arna i wedyn, fel tasa hi wedi anghofio mod i yno. 'Ddim bod na'm byd o'i le efo bod yn sengl – sori, Mari!' ychwanegodd, a chwerthin efo rhyw ffugembaras, ac esgus bod ei bochau'n dechrau troi'r un lliw â'r gwin yn ei gwydr plastig (Habitat – matsio pob dim arall ar y bwrdd picnic).

Mi wnes i drio hanner gwenu arni. Ond ro'n i isio rhoi slap iddi. Mae hi'n un o'r bobl 'ma sy wastad 'yn deud rhywbeth heb feddwl', ond tasa hi'm wedi ei feddwl o, fysa hi'm wedi ei ddeud o'n y lle cynta, na fysa?

Oni bai mod i'n mwynhau bod yn aelod o'r côr cymaint, mi fyswn i wedi deud wrthi lle i stwffio'i gwydr plastig erstalwm. Wel, na; beryg na fyswn i wedi cael y gyts i wneud hynny, ond mi fyswn i wedi'i hosgoi hi. Ond mae'n anodd osgoi rhywun pan ti'n gorfod sefyll wrth ei hochr hi yn yr altos ddwywaith yr wythnos. Ac mi fyddai wedi bod yn anghwrtais iawn i mi wrthod â mynd yn ôl i'w hadlen hi ar y maes carafanau efo pawb arall. Wedi'r cwbl, doedden ni 'rioed wedi ennill yn y Steddfod Genedlaethol o'r blaen.

Roedd 'na focseidiau o win a seidar wedi dod o gefn ceir o bob man, ac roedden ni wedi bod yn yfed ers cwpwl o oriau bellach. Roedd llais Fflur hyd yn oed yn uwch nag arfer, ac roedd Sarah wedi tywallt ei Merlot hi dros ei blows wen ers meitin. Ond mae Sarah wastad yn meddwi'n gynt na neb arall. Roedd ei bochau hi'n goch rŵan, a'i llygaid yn sgleinio. Mi fyddai'n rhedeg i chwydu y tu ôl i adlen rhywun arall unrhyw funud. Ond mae'n rhaid ei bod hi'n dal yn ddigon sobor i ddilyn y sgwrs.

'Wooo! Hoold on rŵan, Fflur,' meddai, gan geisio codi'i bys i bwyntio ati. 'Ddim Mari 'di'r unig un sy'n sengl yma. Dwi'n drri deg chwech . . . saith – rwbath fel'na; dros drrri deg pump, beth bynnag, a dwi'm 'di prio . . . priodi chwaith, naddo?'

'Naddo, ond ti'n canlyn, ac mae Mari'n bedwar deg tri rŵan, a ddim wedi cael dyn ers oes,' meddai Fflur. 'Naddo, Mari?' Yr ast. Wnes i'm trafferthu i ateb. Roedden nhw i gyd yn gwybod mod i dros fy neugain, gan mai dyna oedd f'oed i'n ymuno â'r côr, ac roedd Fflur wedi gneud ffŷs o'r peth bryd hynny hefyd: 'Ond mae'n edrych yn dda am ddeugain, tydi?' Fel taswn i i fod yn rhychau i gyd ac yn defnyddio *zimmer frame*. Ond, roedd o'n wir; doedd yr un ohonyn nhw wedi

8

ngweld i efo dyn na nghlywed i'n sôn am unrhyw gymar ers i mi ddod i'w nabod nhw.

Cymerais lwnc hir o fy ngwin.

'Pryd gefaist ti ddyn ddiwethaf 'te, Mari?' gofynnodd Marian, un o'r sopranos sy'n briod ond yn cael affêr efo'i bòs ac yn gwybod yn iawn ein bod ni i gyd yn gwybod. Damia, doedd gen i ddim dewis ond ateb y tro yma. O leia roedd y blynyddoedd wedi fy nysgu mai'r arf gorau mewn sefyllfaoedd fel hyn ydi hiwmor – a'i ddefnyddio yn erbyn dy hun cyn i neb arall wneud.

'O, mewn disgo ysgol tua 1977, mae'n siŵr,' meddwn gyda gwên, a chan estyn am botel arall. Celwydd noeth, ond do'n i'm isio deud fy hanes i efo Meirion wrthyn nhw. Roedden nhw'n meddwl mod i'n berson digon pathetig fel ag yr oedd hi, a doedd fy mywyd carwriaethol i'n ddim o'u busnes nhw, beth bynnag. Pam ddiawl ddylwn i ddeud wrth bawb fod Meirion wedi gorffen efo fi ers chwe mlynedd, a mod i'm wedi bod efo neb ers hynny? Mi fyddai dyn newydd wedi bod yn neis, ond dydyn nhw'm yn tyfu ar goed pan ti dros dy ddeugain, a p'run bynnag, doedd gen i'm 'mynedd mynd drwy'r hen lol o ddisgwyl wrth y ffôn, chwarae gêms, trio peidio ag ymddangos yn rhy keen ac ati, ac ati, byth eto.

'Dwi'n ddigon hapus ar y silff, diolch yn fawr,' meddwn efo gwên arall, a chan dywallt gwydryn mawr arall i mi fy hun. 'Mae gen i ngyrfa, fy mywyd cymdeithasol a nghath.'

'Cath?!' chwarddodd Fflur. 'Wel, ar y silff fyddi di os oes gen ti gath, Miss Huws!'

'A so ti'n galw bod yn athrawes yn yrfa, wyt ti?' gofynnodd Marian, y soprano.

'Yndw siŵr! Be arall ydi o?'

'Wel, fi wastad wedi credu taw swydd dros dro nes bo rhywun yn cal sboner tidi odd bod yn athrawes . . . a mynd yn brifathrawes pan ti'n dala i fod ar y silff yn dy ffifftis.'

'A pa fywyd cymdeithasol sydd gen ti?' gofynnodd Fflur, yr Arch-ast, wedyn. 'Y côr? Argol, *get a life*, Mari!'

Wel. Os o'n i'n flin cynt . . . Ro'n i isio neidio ar fy nhraed a thaflu ngwin i'w wynebau bach smyg nhw ond, fel arfer, doedd gen i mo'r gyts. Y cwbl wnes i oedd hanner chwerthin efo nhw. A chlecio cynnwys fy ngwydr.

Doedd yr un ohonon ni wedi sylwi bod Sarah wedi diflannu nes i ni glywed lleisiau dynion yn piso chwerthin y tu ôl i'r garafán, a llais bach tila Sarah yn erfyn arnyn nhw i adael llonydd iddi. Mi godon ni i gyd i frysio i weld be oedd wedi digwydd, wrth reswm, a difaru. Roedd y greadures wedi baglu dros feics y plant yn ei brys i chwydu, ac yn gorwedd yn gacen ar y glaswellt yn feics a chŵd oren i gyd, a'i sgert yn dangos nad oedd siâp ei phen-ôl yn addas ar gyfer ei thong bach coch. Ac roedd 'na bump o ddynion ifanc oedd yn digwydd pasio ar y pryd yn dal i sefyll yna'n trio peidio â chwerthin. Roedd 'na un wedi mynd ati i drio'i helpu'n ôl ar ei thraed, chwarae teg, ond:

'Paid! Ffyc off!' gafodd o ganddi am ei drafferth.

Ond nath hi'm meiddio deud hynny wrthan ni. Mi wnes i ddadglymu'r beics o'i choesau, ac mi nath cwpwl o'r lleill ei helpu i godi (wedi tynnu ei sgert yn ôl dros ei phen-ôl yn gynta) wrth i Fflur chwilio yn ei bag am *wet wipes* – a rhoi llond pen i'r hogia yr un pryd.

'Be sy'n bod arnoch chi? Sgynnoch chi'm byd gwell i neud? Chwerthin am ben y greadures fel'na!'

'Ylwch, tasa chi wedi'i gweld hi'n fflio drwy'r awyr fel gnath hi, chwerthin fysa chitha hefyd,' meddai boi tal efo gitâr am ei ysgwydd.

'Ia, sori 'de, ond oedd o'n blydi hilêriys!' meddai'r boi gwalltgoch wrth ei ysgwydd. 'A di'm 'di torri dim byd, nacdi?'

'So ni'n gwybod 'to!' cyfarthodd Marian, oedd yn helpu Fflur i sychu Sarah efo'r *wet wipes*.

'Stopiwch ffysian! Dwi'n iawn,' meddai Sarah. 'Ond dwi'm yn siŵr am y beics.'

'Dal yn gyfa,' meddwn. 'Jest mymryn o foron ar yr *handlebars*.' A dyma'r hogia'n chwerthin eto. Do'n i'm yn siŵr pam. Doedd o'm mor ddigri â hynna.

'Hei – dwi'n nabod chi!' meddai'r boi gwalltgoch. Edrychais arno. Do'n i'n sicr ddim yn ei nabod o.

'Wyt?'

'Ia, Miss Huws 'de? Oeddach chi'n dysgu fi erstalwm!' Edrychais arno eto. Ond dwi wedi dysgu cymaint o blant erbyn hyn, ac maen nhw'n newid cymaint ar ôl gadael ysgol. Faint oedd hwn? Yn ei ugeiniau cynnar? 'Dach chi'm yn cofio fi, nacdach?' meddai o wedyn. 'Rhun Jones? Blwyddyn wyth?'

'Ym . . . '

'Ond bach o'n i 'de. Naethoch chi adael i fynd i ryw ysgol posh yn Gaerdydd wedyn. Bechod, oeddach chi'n uffar o dîtsiyr da, ac oedd gynnon ni gyd grysh arnoch chi yn dosbarth ni.' Sythais a sbio'n hurt arno.

'Crysh? Arna i?'

'Oedd! Oeddach chi'n secsi, yn gwisgo legins du o hyd, ddim sgertia nain fel yr athrawesau eraill.' Ro'n i wedi anghofio bob dim am y legins. Nefi wen. Ac roeddan nhw'n meddwl mod i'n secsi?! Dechreuais wenu – a chochi. Ac mi ddechreuodd Fflur chwerthin.

'Wel! Be nesa?! Miss Huws yn secsi!' meddai'r ast, fel tase'r syniad y peth rhyfedda iddi ei glywed erioed.

'Oedd,' meddai Rhun fy nghyn-ddisgybl. 'Yn enwedig pan oedd hi'n flin.'

'Ia, wel, dwi'm wedi colli nhymer erstalwm rŵan,' meddwn – cyn i Fflur ei ddeud o.

'Cael parti 'dach chi?' gofynnodd y boi tal wrth ysgwydd Rhun.

'Odyn, diolch,' meddai Marian, efo atalnod llawn reit amlwg ar y diwedd, a chan helpu Sarah yn ôl at y bwrdd picnic.

'Ia, mi ddylai'r *kebabs* fod yn barod rŵan,' meddai Fflur wrth ei dilyn. 'Ty'd Mari – sori, "secsi Miss Huws" – ha! Hwyl rŵan, hogia.'

12

Ond doedd gen i fawr o awydd ei dilyn hi fel ci bach, diolch yn fawr, felly wnes i'm symud. A nath yr hogia ddim chwaith.

'Dwi'm llawer o awydd *kebabs*,' meddwn.

'Fyswn inna ddim isio *kebabs* efo'r ast yna,' meddai'r boi tal. ''Dan ni ar ein ffordd i barti – draw yn y pen, fan'cw. Ffansi dod efo ni?'

Gwenais. Miss Huws yn mynd i barti efo llwyth o hogia ifanc? Ar ei phen ei hun bach?

'Ddylwn i ddim . . . '

'Pam ddim?' gwenodd Rhun. 'Fydd o dipyn mwy o hwyl nag efo'r Laura Ashley brigêd. Dowch 'laen, Miss!'

'Isio byw ar ochr y dibyn weithia, does?' meddai'r boi tal.

Taswn i'm wedi yfed cymaint o'r Merlot, mi fyswn i wedi gwrthod. Ond lledodd gwên fawr dros fy wyneb a nodiais fy mhen.

'Tisio deud ta-ta wrthyn nhw gynta?' gofynnodd y boi tal.

'Nagoes, gawn nhw dreulio gweddill y noson yn poeni mod i wedi cael fy nghidnapio,' meddwn. Ac i ffwrdd â ni i ben draw'r maes carafanau. Ges i wybod ar y ffordd mai Gwyn oedd enw'r boi tal, ac mai brawd mawr Rhun oedd o.

'Nest ti mo nysgu i, o'n i wedi hen adael. Ond ges i glywed tipyn am y Miss Huws lysh 'ma . . . '

'O.' A dyna'r cwbl allwn i ei ddeud, ro'n i'n rhy brysur yn trio peidio â chochi.

Roedd y parti mewn adlen fawr goch llawn pobl, gitârs a bongos, ac roedd y bwrdd yn y canol yn fynydd o boteli a gwydrau plastig. A do'n i'n nabod neb. Wel, ro'n i'n nabod wynebau ambell fardd a seren y 'sîn roc Gymraeg' fel mae'r disgyblion acw'n ei galw, ond doedden nhw ddim yn fy nabod i. Dwi'n amau fyddai ambell un wedi nabod ei fam ei hun y noson honno, a deud y gwir. Ond roedden nhw i gyd yn groesawgar iawn. Cyn pen dim, roedd gen i hanner peint o win coch yn fy llaw, ac roedd Gwyn wedi gorfodi bachgen hirwallt i roi ei gadair blastig i mi.

'Fel rhoi dy sêt i hen ddynes ar y bws,' meddwn.

'Naci, jest *manners* da,' gwenodd Gwyn, gan wasgu ei hun ar fainc wrth fy ochr a dechrau chwarae ei gitâr efo'r gweddill. Un o ganeuon Meic Stevens i ddechrau, yna Bob Marley. Allwn i ddim peidio â syllu ar ei fysedd hirion o'n tynnu ar y tannau. Mi sylwodd arna i'n syllu, dal fy llygaid a gwenu. Nefi, roedd ganddo wên.

'Ti'n dda iawn efo'r gitâr 'na,' meddwn.

'Mae o mewn band,' meddai ei frawd. Ond do'n i 'rioed wedi clywed amdanyn nhw. Roedd 'na ferch ifanc mewn top oedd yn gadael dim byd i'r dychymyg yn amlwg wedi clywed amdanyn nhw, ac yn un o'u ffans selocaf yn ôl y ffordd roedd hi'n llygadu Gwyn ac yn ceisio tynnu ei sylw. Ond doedd o'n cymryd fawr o sylw ohoni. Efo fi oedd o'n siarad ac ro'n i wir yn mwynhau sgwrsio efo fo. Roedden ni'n mwynhau'r un ffilmiau a llyfrau, roedden ni'n breuddwydio am fynd i'r un gwledydd, roedden ni hyd yn oed yn casáu'r un pethau – hiliaeth a ffig-rôls. A phan nad oedden ni'n sgwrsio, mi fyddai'n canu yn ei lais bariton meddal. A hyd yn oed wedyn, gwenu arna i fyddai o. Yfais fy ngwin yn freuddwydiol. Oedd y dyn ifanc yma'n fy ffansïo i? Doedd bosib. Ond roedd y ferch ifanc yn sbio'n hyll arna i. Gwenais. Ro'n i'n mwynhau pob munud o hyn.

Cynigiodd y dyn drws nesa ddarn o sigarét i mi. Do'n i'm wedi smocio ers blynyddoedd, ond diawch, doeddwn i ddim wedi bod mewn parti fel hyn ers blynyddoedd chwaith. Tynnais arni – oedd ddim yn hawdd, gan ei bod hi mor denau a braidd yn wlyb. A dyna pryd y sylweddolais i nad dim ond tybaco oedd ynddi. O mam bach . . . edrychais ar Gwyn, a chael gwên lydan ganddo. Felly tynnais yn ddwfn arni eto.

'Ti'n uffernol o secsi 'sti, Mari,' sibrydodd yn fy nghlust wrth i mi ei basio 'mlaen iddo.

'O'n i jest yn meddwl rwbath tebyg fy hun,' meddwn, a synnu mod i wedi meiddio â deud ffasiwn beth. Do'n i 'rioed wedi fflyrtio efo dyn iau na fi o'r blaen. Dwi'm yn siŵr a o'n i 'rioed wedi fflyrtio efo unrhyw un, a bod yn onest.

'Lle ti'n cysgu heno?' gofynnodd.

'Yn adlen y Laura Ashleys.'

'Ar dy ben dy hun?'

'Ar wahân i gwpwl o feics, ia.'

'Tisio cwmni? Sgin i nunlla i aros.' O diar. O diar o diar o diar. Roedd y fflyrtio diniwed yn un peth, ond roedd mynd y cam nesa yn fater cwbl wahanol. Cysgu efo fo – yn adlen Fflur?! Allwn i byth! Roedd o mor ifanc! A do'n i prin yn ei nabod o!

'Isio byw ar ochr y dibyn weithia, does?' meddai'n dawel a dechrau chwarae cân arall ar ei gitâr. 'Miss Huws . . . ' canodd, 'I want to miss-use you . . . '

Roedd fy mhen yn troi. Roedd 'na ddyn ifanc yn fy serenêdio i – o flaen pawb – a'i frawd. Roedd o'n trio fy nghanu i mewn i'r gwely! Y fath hyfdra! Mi ddylwn i fod wedi rhoi slap iddo, codi ar fy nhraed a gadael. Ond wnes i ddim.

'Iawn,' meddwn yn wan.

'Ty'd, ta,' meddai, gan godi'i gitâr ar ei ysgwydd a chydio yn fy llaw. Llaw fawr, gadarn a yrrodd wefr gynnes i fyny fy mraich ac i lawr i fy stumog.

Mi ddaliodd fy llaw yr holl ffordd at babell Fflur. Do'n i'm wedi cerdded llaw yn llaw efo neb ers blynyddoedd, neb dros bump oed. Roedd fy mhen i'n troi. Be ro'n i'n 'neud? Fyddai gen i'r gyts i 'neud be roedd o'n meddwl fydden ni'n ei 'neud? Gwasgodd fy llaw fel tasa fo'n gallu darllen fy meddwl i.

'Mi fydd yn rhaid i ni fod yn dawel,' sibrydais wrth drio agor sip yr adlen yn dawel.

'Yn dawel iawn iawn,' meddwn, wrth iddo gusanu fy ngwar a chwpanu fy mronnau. Ro'n i'n wan, yn toddi.

Tynnodd amdanaf yn araf araf, heb ddweud gair. A do'n i ddim isio cuddio. Ro'n i'n gallu gweld ei lygaid yn syllu'n dywyll arna i yng ngolau'r lamp stryd tu allan. Roedd cyrtens yr adlen fel papur, ond doedd affliw o ots gen i. Tynnais innau ei ddillad yntau a dal fy ngwynt wedyn. Ac yna cusanodd fi – cusan hir, galed, angerddol oedd yn gwneud i fodiau nhraed i gyrlio a mhen i droi. Y gusan hyfryta ges i erioed; y gusan fwya rhywiol i mi ei phrofi yn fy myw. Cusan oedd yn gyrru iasau i bob rhan o ngorff i, rhannau nad oedd wedi teimlo ias o unrhyw fath ers blynyddoedd. Ches i 'rioed gusan fel hon gan Meirion. A nath o 'rioed gusanu pob modfedd o nghorff i nes ro'n i'n crynu a griddfan chwaith. Ac yn sicr nath o 'rioed fy nghusanu i yn fan'na.

O'r diwedd, o'r diwedd . . . ro'n i'n deall be oedd yr holl ffýs roedd pobl yn ei wneud am ryw. Wnes i ddim sylweddoli tan yr eiliadau hyfryd hynny be oedd yn gallu digwydd i gorff merch yn y dwylo iawn – dwylo cerddor oedd yn gallu tynnu fy nhannau i greu'r nodau rhyfedda. Bloeddiais. Stwffio Fflur a'i theulu yn y garafán, roedd Miss Huws yn cael profiad mwya bendigedig ei bywyd. Ond mi rois fy nwrn yn fy ngheg wedyn. Do'n i'm isio i neb darfu arnon ni. Ro'n i isio mwy. Ro'n i isio symffoni.

Mi fuon ni'n caru am yn hir – y ffordd yma, y ffordd yna, ac mewn ffyrdd nad o'n i'n credu oedd yn bosib – gan gusanu a brathu a chofleidio ein gilydd, a sibrwd a chwerthin nes i ni'n dau doddi i mewn i'n gilydd yn llwyr, a chwympo i gysgu â'n breichiau a'n coesau'n gwlwm meddal, chwyslyd. A phan ddeffron ni wrth i'r haul lifo drwy'r cyrtens papur sidan, mi

17

wenodd arna i a nghusanu'n ysgafn. Pan lithrais fy nghorff yn dynnach yn ei erbyn, griddfanodd yn isel gan gydio yn fy wyneb a nghusanu'n ddwfn a hir a hyfryd, cyn gofalu mod i'n fwy na pharod iddo lithro'i hun i mewn i mi eto . . .

Mi ddoth Fflur dros y sioc yn y diwedd. A dwi'm yn cael fy nhrin fel llygoden ddiniwed yn ymarferion y côr bellach. Ond dwi'm wedi gweld Gwyn ers hynny. Falle mai dim ond isio lle i gysgu oedd o'r noson honno, dwn i'm. Roedden ni'n dau'n gwybod mai dim ond noson fyddai hi, a dwi jest yn ddiolchgar iddo fo am roi ffasiwn noson – a bore – i mi (roedd gen i wên ar fy wyneb am wythnosau!).

Ond mae o'n rhy brysur y dyddiau yma beth bynnag; mae ei fand o wedi dod braidd yn adnabyddus, ac nid yng Nghymru yn unig. Maen nhw'n teithio drwy Ewrop ar hyn o bryd, yn ôl y tecst diwethaf ges i, ac mae eu sengl nhw'n cael ei chwarae ar y radio'n gyson. A phob tro dwi'n ei chlywed hi: 'Miss Huws, I want to miss-use you,' dwi'n gwenu fel giât.

Petalau

Dwi'n effro'r nos ac yn cofio. O'r holl stori boitshlyd, ddigalon, dwi'n cofio'r darnau da – y darnau sydd yn gwneud i mi hedfan hyd yn oed heddiw.

Nid mod i wedi gwirioni pan welais i o gyntaf, ond mi roedd yna rwbath. Roedd o lawr yng ngheg y lôn gyda'i gŵn a finna'n edrych allan trwy'r ffenest, yn rhyw hanner meddwl pryd 'sa Llew adra, ac yn ama y bysa fo'n hwyr fel bob tro pan âi i weld ei ddewyrth. Newydd benderfynu mai swpar cynnar ar fy mhen fy hun fyddai hi eto oeddwn i, pan glywis i dwrw a gweld y gŵr tal, pryd tywyll yma efo'i gŵn. Fe all 'na fod rhywbeth yn y ffordd mae dyn yn trin anifail – yn arbennig gi neu geffyl – sydd yn cyffwrdd dynas, yn ei chyffroi hyd yn oed. Os ydi o'n dawel ac yn addfwyn ac yn bendant, a'r anifail yn ufuddhau ac yn ymddiried ynddo fo, mae 'na damad bach ohoni hi'n deffro, yn rhoi ei hun yn lle'r anifail, am wn i. Nid mod i'n meddwl am rhyw goleri a ballu. Does dim angen y rheini'n fwy na sydd eu hangen ar gi sydd dan reolaeth lwyr. Neu efallai mai rhoi fy hun yn lle'r meistr wnes i, pwy a ŵyr? Ond dwi'n gwybod i fy nghorff dynhau neu lacio ychydig wrth edrych ar y dyn a'i gŵn ar waelod y lôn.

19

Dwi'n cofio'r hogan ifanc oedd yn helpu acw yn dod i mewn wedi iddi fod yn siarad efo fo. 'Boi o ochra Bala,' medda hi, ac roeddwn i'n amau o'r ffordd roedd ei llygaid hi'n pefrio ei fod o'n 'chydig o dderyn. Mae'n siŵr y gallai hynna fod yn ddiwedd ar y stori, ond ymhen tua awr, a hitha'n dechra tywyllu, roedd o'n ei ôl. Roedd yna rhyw broblem, stori gymhleth – a dweud y gwir, dwi ddim yn credu i mi wrando'n iawn, ond mi 'nes i gynnig iddo aros i gael swper. Petrusodd am eiliad, 'Os ti'n siŵr . . . ' Ac yna'r wên ddireidus, hunanhyderus yna. 'Mawr fydd dy wobr . . . '

'Does yna ddim byd arbennig. Mi gymrith 'chydig bach o amser.' Tydi rhywun yn cecian, 'dwch?

'Mi fyswn i'n cynnig dy helpu, ond go brin dy fod ti fy isio i yn dy gegin fel hyn.' Ac mi roedd yna olwg arno fo – yn wlyb a'i ddillad yn fwd, yn olew ac yn rhwbath a edrychai fel gwaed. Mi allwn i ddweud wrthach chi rŵan yn union lle roedd y mwd ar ei foch.

'Ti isio molchi? Mae 'na ddigon o ddŵr poeth. Mi alla i fenthyg rhwbath sych i ti. Mi ddylan nhw ffitio – ti tua 'run . . . ' Siarad gormod unwaith eto, ac ynta'n sefyll yno â hanner gwên ar ei wyneb, yn gadael i mi fynd yn fy mlaen, yn feistr ar yr hyn oedd yn digwydd er nad oedd yn dweud dim. Tra'n nôl dillad iddo, achubais ar y cyfle i newid fy nghrys a rhoi rhwbath o ddefnydd teneuach â gwddw isel amdanaf.

Mi ddechreuis i baratoi bwyd tra'n gwrando ar sŵn y dŵr yn tasgu yn yr ystafell ymolchi sydd am y parad â'r gegin. Roedd rhaid cael cerddoriaeth; am ryw reswm roedd gen i gywilydd fy mod yn gwrando. Chlywis i mohono fo'n dod i mewn i'r gegin nes i fraich estyn dros fy ysgwydd a dwyn darn o'r cennin roeddwn i'n eu torri. Dyna lle roedd o yn nillad Llew, yn droednoeth a'r cyrls duon yn dal i ollwng ambell ddiferyn ar y crawiau.

Rhwbath greddfol ydi rhoi slap i law sy'n dwyn darn o fwyd oddi wrthych.

'Sori. Ga i neud rhwbath i helpu?'

A chyn i mi allu atab, fe afaelodd mewn cyllell arall a sefyll wrth fy ochr yn torri gweddill y cennin. Rhowch chi ddau berson wrth ochra'i gilydd yn gwneud yr un swydd ac mae 'na rhwbath cystadleuol yn digwydd. Roedd y ddau ohonom yn torri'n gynt a chynt, cyn i ni mwya sydyn ddal llygaid ein gilydd a dechra chwerthin. Ar ganol y chwerthin daeth y neges.

'Llew yn dweud na fydd o adra heno,' medda fi, heb drafferthu i esbonio pwy oedd Llew.

Heb ddweud gair, fe 'stynnodd ddau blât a dau wydryn oddi ar y silff a'u gosod ar y bwrdd bychan hwnnw oedd yn wynebu'r Moelwyn. Cododd botel o win gwyn ac roedd ar fin ei hagor. Efallai mai'r adag honno y penderfynais fod yn rhaid i mi reoli'r sefyllfa ychydig.

'Mae'n well gen i goch.'

Rhoddodd y botel i lawr ac agor yr un goch a 'stynnais iddo.

'Beth bynnag sy'n dy blesio di,' dywedodd gan basio gwydryn i mi.

Dweud rhwbath amlwg ydi dweud mai efo dwylo a cheg mae person yn bwyta. Ond os ydach chi'n bwyta efo dyn, mi rydach chi'n anorfod bron yn treulio awr – mwy efallai – yn edrych ar ei ddwylo a'i geg. Roedd hi wedi hen dywyllu erbyn hyn; doedd dim posib edrych ar y Moelwyn. Roeddan nhw'n ddwylo syndod o fain, ond ddim digon main i fod yn ferchetaidd, ac roedd o'n gwneud popeth – torri darn o gig, symud llysieuyn – yn ofnadwy o bendant. Nid eu gwneud yn reddfol â'i feddwl yn rhywle arall. A'i geg? Ystwyth ydi'r gair sy'n dod i fy mhen – ceg oedd yn newid siâp mor rhwydd, bron nad oedd hi'n newid lliw, yn newid maint; weithiau yn symud yn araf ac weithiau yn brathu'n bendant.

Roedd y ddau ohonom yn sgwrsio, wrth gwrs, ond nid y mân siarad yna oedd y cyfathrebu rhyngom. Y pen-glin yn digwydd taro'n ysgafn yn erbyn coes, y cyffyrddiad sydyn wrth i'r ddau ohonom estyn am ddarn o fara ar yr un pryd, y bylchau yn y sgwrs pan nad oedd dim byd ond gwên, y penderfyniad di-eiriau i agor potel arall o win a'r ddau ohonom yn dewis yr un mor ddi-eiriau i'w gadael ar ei chanol – dyna oedd y cyfathrebu.

Hanner ffordd i fyny'r grisiau, fe arhosodd.

'Ti'n siŵr?'

'Yndw,' meddwn inna'n dawel. 'Ychydig o benderfyniada dwi wedi'u gwneud yn fy mywyd, dwi'n meddwl ei bod yn bryd i mi ddechra.'

A doedd y ddau ohonom ddim hyd yn oed wedi cusanu tan yr eiliad yna.

Fe aethom i'r gwely y noson gyntaf honno fel dau oedd yn adnabod ei gilydd ers blynyddoedd. Dim swildod, dim trio perswadio, dim ond tynnu'n dillad yn gwbl ddi-lol. Ond wedyn, mwya sydyn, roedd yn brofiad hollol newydd. Doeddwn i yn fy niniweidrwydd heb sylweddoli mor wahanol fyddai corff dyn arall. Nid y ffaith ei fod yn edrych yn wahanol oedd yn ddifyr (a beth bynnag, dim ond golau un gannwyll oedd yn yr ystafell), ond ei fod yn teimlo'n wahanol. Y mesuriadau ddim yn iawn rhywsut – rhedeg llaw o'i din i lawr ei goes, a'r goes honno'n mynd yn ei blaen fymryn yn hirach nag oeddwn yn ei ddisgwyl cyn cyrraedd pen-glin caletach nag oeddwn i'n ei ddisgwyl; fy mys yn llithro i mewn i'w fotwm bol cyn i mi sylweddoli a hynny yn gwneud i mi chwerthin. A throi yn sydyn i frathu a chael llond ceg o flewiach anghyfarwydd, a gwironi. A'i arogl yn wahanol, a gwres ei gorff yn wahanol, a'i symudiadau'n wahanol. Ac am fod ei symudiadau o'n wahanol, mi roeddwn i'n gwneud pethau gwahanol. Dwi'n cofio ei arwain gerfydd y cyrls duon cyn ei ryddhau i fynd lawr i lyfu fy fferau, ac yna symyd yn bwyllog bwyllog gan wneud iddo fo a finnau aros ac aros.

Ac roedd yna un peth arall oedd yn wyrthiol o wahanol – y ffordd roedd o'n edrych arna i. Edrychiad dyn nad oedd yn gwybod dim am fy hanes a dyn nad oedd yn fy ngweld fel rhywbeth oedd yn eiddo iddo. Roedd yn edrychiad a wnaeth i mi, am y tro cyntaf erioed, deimlo'n sicr ac yn falch fy mod yn ddynas.

Buom yn cysgu ac yn caru bob yn ail trwy'r nos. Er iddo fo wedyn daeru ei fod wedi treulio oriau yn effro yn gwneud dim byd ond gafael amdanaf, ac i minnau fod yr un mor sicr i mi dreulio oriau yn gorwedd yno yn ei wylio yn cysgu ac yn cyfri ei flew amrant yng ngolau'r lloer.

Ac yna roedd hi'n fora. Sgwrs gellweirus dros ŵy wedi'i ferwi.

'Ydw i'n cael mynd adra gen ti?'

'Nagwyt, ti'n aros. Does dim angen i hyn ddod i ben rŵan.'

Ac fe arhosodd, ac mae caru yn y pnawn yn wahanol i garu'r nos, ac mae caru yn y rhedyn yn sŵn yr afon yn wahanol i garu rhwng cynfasau. Dwi wastad wedi teimlo mod i adra – mod i yn y lle dwi fod – pan dwi'n gorwedd yng nghanol tyfiant gwyrdd. Yr adag honno, dwi'n fi'n hun rhywsut, yn ymateb yn fwy greddfol; bron mod i'n well person. Gwneud pethau gwirion, plentynnaidd – mynnu ei fod yn gorwedd yn hollol lonydd ar wastad ei gefn a gosod dail bychan a phetalau yn un rhes hir o'i geg yr holl ffordd i lawr; ac yna, gan ddechrau efo'r petalau banadl melyn oedd ar ei wefusau, eu tynnu oddi yno bob yn un ac un efo dannedd a thafod, ac yntau'n cwffio rhag gwingo erbyn y diwedd.

Ond yn y nos, rhwng cynfasau, rhwng waliau a pharwydydd y dechreuodd y ddau ohonom gyfathrebu gyda geiriau. Gorwedd yn fanno, law yn llaw yn flinedig, yn trafod sut. Sut oedd posib cadw'r darn bach yma, y darn bach yma o'r byd mawr oedd yn eiddo i mi. Darn na gafodd ei greu gan Llew a'i deulu. Ac yna caru a chysgu a deffro.

Ac fel plentyn yn ailadrodd yn ddeddfol, fe dorrodd blisgyn ei ŵy y bore wedyn a gofyn,

'Wel, ydw i'n cael mynd adra gen ti heddiw?'

A finna'n gwenu ac yn ysgwyd fy mhen, ac yn tynnu'r rhuban oedd yn dal fy mhlethen a'i glymu'n dynn am ei arddyrnau, a'i fwydo efo'r ŵy fel babi a llyfu'r melynwy oedd yn diferyd i lawr ei ên.

'Be petai Llew wedi cyrraedd a gweld hynna?' meddai gan rwbio ei arddwrn. 'Be petai o'n ei weld o bore fory?'

'Mi gei di fynd bore fory,' addewais, gan ailblethu fy ngwallt cyn ei arwain yn ôl allan i'r rhedyn ar y llechwedd gyferbyn; ac yna, oriau hir, cynnes wedyn, yn ôl i'r gwely.

Cedwais fy addewid iddo pan ofynnodd y trydydd bore, a chedwais addewidion eraill.

Ac am fy mod wedi cadw'r addewidion hynny, cawsom garu wedyn. Cawsom gyfnod hir efo'n gilydd, ond dod i ben wnaeth pethau yn y diwedd, a phobl yn cael eu brifo mewn pob math o ffyrdd. Mae hi'n hen stori tydi, ac yn stori gaiff ei hailadrodd tra bydd dynoliaeth, am wn i. Waeth be ddywed rheolau geometreg, tydi triongl ddim yn siâp cryf, sefydlog. Ond rŵan, a finna'n unig ac yn effro'r nos, y tri diwrnod yna dwi'n gofio. A dwi'n difaru dim.

Dwy

Menyw'r slwj a'r baw oedd Jasmine, er nad ar ffarm y'i ganed. A hithe'n ferch y dre, ychydig o ddynion caib a rhaw, slwj a baw a welai, ac eithrio ambell fachan yr hewl a'i gyhyre'n ymladd brwydr â'i diwnic, neu fecanic â'i feiseps yn disgleirio dan haenen ddeniadol o olew: i Jasmine, hanner dyn oedd dyn mewn siwt a thei.

Y tro cynta osododd Jasmine ei llyged ar y pishyn dwylath, tywyllwallt, chwysgyhyrog, noeth ei fron ar ffald Pydew Mawr un bore cynnes o Fai, gwyddai Jasmine fod yn rhaid iddi ei ga'l. Rhedodd ei threm o'i draed i fyny, hyd siâp ei goese yn ei jîns a brynie tonnog ei *six-pack*, a lawr wedyn yn ei hôl at straen y defnydd glas un ochor i'w gopis, a lan eto fyth ar drên gwallgo'i hawydd, at y llyged duon tu ôl i'r cudyn a fentre dreial eu cwato. Tynnodd Jasmine anadl ddofn drwy ei thrwyn i lanw'i phen â'i wynt, er bod lled hanner y sied rhynton nhw, a drewdod dosbarthed o blant pump oed yn mynnu cystadlu ag arogle'i berffeithrwydd.

Am gadw llygad ar Joseph Jones Blwyddyn Dim y câi Jasmine ei thalu – hi oedd yr help llaw yn y dosbarth rhag i'r crwt hela Mrs Bell, ei athrawes, ar wylie cyn pryd i'r ward seiciatrig – ond am yr eiliade y buodd Jasmine yn llygadu'r duw welintynsog, peidiodd y diafol a oedd Joseph â bod iddi. Bachodd y pum mlwydd ar y cyfle i anrhegu dwy afar a whech oen â'u rhyddid drwy agor gatie'r llocie, a hela anifeilied bach y *working farm* ar ffo drwy'r sied i blith anifeilied bach Ysgol Maes-gwter. Bu'r tair rhywogeth yn hela ofan ar ei gilydd am ugen munud cyn i'r pishyn llygatddu lwyddo i ga'l gafael ar y geifr a'r ŵyn a'u hwpo nhw 'nôl i'w llocie. Roedd Jasmine rhwng dau feddwl a ddyle hi dreial slipo'r gatie ar agor 'to, neu o leia droi ei chefen yn ddigon hir i Joseph 'neud, er mwyn gweld y dwylath gogoneddus yn rhedeg ar ôl y creaduried a'i fronne dyn yn crynu dan hyrddiade'i game, ond llwyddodd i osgoi'r demtasiwn: roedd Mrs Bell (heboges) yn rhy ymwybodol fod Jasmine yn goelcerth beryglus o hormone o dan 'i ffrog haf *halter-neck* â phrint tegeirian lliwie seicadelig drosti. Gwgodd Jasmine ar Mrs Bell wrth sylweddoli y bydde'n rhaid iddi ohirio diwallu'r nwyd ingol ynddi am sbelen – am ba hyd?! – a chanolbwyntio eto ar gadw'r lwmpyn o heiperactifrwydd a elwid yn Joseph rhag lladd ei hun neu rywun arall.

'Catsh myn'na,' sibrydodd Menna'r weinyddes feithrin yn ei chlust, a thybiodd Jasmine iddi weld gwawr o genfigen ar ei gwyneb – cenfigen dynes yn gaeth i gadwyne priodas. '*Orphan*, pump ar hugen, 'i dad wedi'i gladdu ers dechre'r flwyddyn. Cant ag ugen o erwe o borfa mynydd, dau ga' fflat, preim. Dim menyw yn ôl pob golwg, dim byd *serious* ta beth. Lot o *interest*.' Beth oedd Menna'n 'i neud yn gweinyddu plant meithrin, doedd gan Jasmine ddim syniad, a hithe wedi'i geni i fod yn olygydd 'Personals' *Farmers Weekly*.

'Shwmai,' medde gwrthrych eu siarad, nes hela saethe bach drwy gorff Jasmine a ddynode naill ai orgasm neu strôc – a diolch byth, ddigwyddodd dim un. Gwenodd y gwrthrych wên a doddai haearn arni.

Addunedodd Jasmine nad oedd pethe'n bennu fyn'na. Wrth i 'Mr Tomos y Ffarmwr' droi at docio cagle oddi ar gynffonne'r defed ar gyfer y plant, roedd Jasmine yn claddu ei chardigan rhwng dwy fêl o wellt iddi allu dychwelyd i Bydew Mawr y noson honno i holi tybed a oedd E wedi'i gweld . . ?

Doedd hi ddim chwarter mor siŵr ohoni'i hun wrth ddala'r bỳs 'nôl am Bydew Mawr y noson honno ar ôl postio'r plant gartre, a hela awr yn y bath i olchi arogle oddi arni, a hanner awr wedyn yn rhoi arogle erill 'nôl mlân. A gweud y gwir, roedd hi'n dechre meddwl fod ise darllen ei phen hi'n mentro yn y fath fodd.

'Na'i gyd oedd yn rhaid iddi neud oedd holi os oedd e wedi gweld ei chardigan. Os oedd e, gallai ddiolch a gweld i ble yr âi pethe o fyn'ny, ond wrth gerdded ar hyd y trac at y ffarm, sylwodd ar gwod beic yn cneco'i ffordd rownd y defed ar y llethr gyferbyn ac yn stopid o dro i dro i adel hanner belen fan hyn fan draw. Fe nath hi'n siŵr cyn penderfynu beth i neud mai'r duw oedd ar ei gwod beic a neb arall, ac oedi'n ddigon hir i weld ei fod e hefyd wedi sylwi arni hithe. Nawrte, lle galle hi fynd? Y tŷ oedd yr ateb amlwg, a hithe'n weddol siŵr bod Menna wedi awgrymu mai dim ond hwn oedd yn byw 'na, ond beth os nage? Doedd hi ddim ise gofyn i ryw gefnder cant oed hanner call a dwl os oedd e wedi gweld ei chardigan, oedd hi? Trodd ei thrwyn tuag at y ffald a wynebu dewis arall: beudy neu sied wair?

Cyn mynd drwy ddrws y sied wair, edrychodd eto i gyfeiriad y cwod beic ar y ddôl. Roedd y beic ar stop, a'r duw'n ei gwylio. Aeth i mewn. Dringodd yr ysgol i'r llawr hanner a chamu i ben y das. Cwatodd tu ôl i'r bêls a gorwedd yno. Gadawodd i'r coese gwair gosi'i gwyneb. Agorodd ddau fotwm ar ei thop crop *silk effect* New Look a roddai awyr iach i'w botwm bol, a helodd funude iddi osod hem ei sgyrt sipsi'n union lle oedd hi'n moyn – digon lan o'i phenglinie i ddangos beth oedd hi'n moyn neud ond ddim gormod lan i beido'i hela fe i fecso falle na chawse fe beth oedd e ise (roedd ise neud iddo fe witho, yn doedd?). Caeodd Jasmine ei llyged ac aros.

Aros am ache, yn ymladd brwydr fawr fewnol rhwng y dychmygion oedd hi'n ga'l am beth alle fe neud iddi a'r siom os na droie fe lan i neud shwt bethe. Dechre ame bod yn well 'da'r jawl ddynion oedd hi pan glywodd hi sŵn straen ar yr ysgol oedd yn dod lan i'r llawr hanner. Teimlodd Jasmine ei chalon yn bygwth gadel ei brest.

Cadwodd ei llyged ar gau wrth deimlo'i anadl drosti, gan esgus bach cysgu. Yn ei phen, ysai iddo'i chyffwrdd ond wiw iddi yngan gair neu bydde'n rhaid iddi 'ddeffro' a rhoi rhyw esboniad dros y narcolepsi sydyn a'i trawodd yr eiliad gyrhaeddodd hi dop y das. Roedd cyffyrddiad blaen ei fys â'i bron fel trydan trwy gelloedd ei chorff, a Jasmine yn sgrechen tu fewn am gyffyrddiad arall, ac arall wedyn. Teimlodd hem ei sgyrt yn codi, a'i anadl ar groen ochor fewn ei choes. Yna bys ar gnawd yn nesu, bys arall ar deth fel anadliad, ac wedyn dwy law, un am bob bron, a cheg yn sugno, tafod yn troelli fel llio mefus . . .

Methodd Jasmine â chwato tu ôl i'w hamranne caeedig rhagor. Estynnodd ei llaw i deimlo'i godiad, gan hanner ofan codi ofan arno fe, a'i hela fe o 'na. Ond roedd ynte fel hithe wedi hen fynd yn rhy bell i stopid nawr. Wrth ei gweld yn nadreddu'i chorff ac yn erfyn am fwy, cynyddodd y brys ynddo. Mewn un symudiad sydyn, cododd y sgert sipsi amlhaenog at ei botwm bol (fu'n ei wylio ers ei gyffyrddiad cyntaf un) a gwleddodd ar yr olygfa o Jasmine yn ei thong. Gwyliodd Jasmine ei godiad yn ei jîns: nid oedd am aros eiliad yn rhagor. Estynnodd amdano gerfydd lleder ei felt, a'i thynnu'n agored wrth neud. Rhoddodd ei llaw amdano fel gwisgo maneg, ac yfodd ynte ohoni hithe gan chware'i dafod drosti, i lawr ac i lawr i gwrdd â'i fysedd, yn sychedu am ei blas, yn llio dan labede fel llio gwyddfid . . .

Fel un o weithie Chopin nad oedd Jasmine erioed

wedi'u clywed, neu Beyoncé a oedd gryn dipyn yn fwy cyfarwydd iddi, teimlodd y llanw'n chwyddo ynddi, o awel hedfaniad cynta iâr fach yr haf i anterth y storom eitha – ymgodi ymlenwi ymchwyddo ymffrwydro, yna tawelu, gostegu . . . gostwng, ymollwng. Lleddfu. Llonyddu.

'By-by-by-end . . . By-by-by-bend . . . ig-ig-ig. Gwych,' medde fe ar ôl iddo fe ga'l ei wynt. 'Jy-jy-jiolch.'

'Croeso,' medde Jasmine gan ymladd yr ysfa afresymol i'w ddynwared.

'Em-em-em-em,' llyncodd anadl ddofn. 'Em-em-em . . . '

'Embarasing?' cynigodd Jasmine – yn embarasing iawn fel trodd hi mas, gan iddo ysgwyd ei ben.

'Em-em-em,' ymdrechodd eto nes bod chwys ar ei dalcen.

'Embassy King Size? Ise ffag wyt ti?'

'Na, na, na, na!' medde fe'n grac a dechreuodd Jasmine fecso'i bod hi'n mynd i'w golli fe'n strêt ar ôl ei fachu.

'Em-em-em,' pwyntiai ato'i hun. Treial gweud ei enw oedd e!

'Emlyn!' gwaeddodd Jasmine.

'Em-Em-Emyr!' ffrwydrodd Emyr.

Cymerodd funude i adfer ei anadl.

'Ma' atal arno fi,' medde fe wedyn heb arlliw o atal gweud.

'Jasmine,' medde Jasmine ac estyn ei llaw iddo'i

32

hysgwyd cyn ystyried mor ddwl oedd y weithred. Ysgydwodd Emyr y llaw fu'n corddi menyn o flân ei jon-wili funude'n gynt.

'Ers-ers pan o'n i'n f-f-fach,' medde Emyr. 'Dim ond 'da Eirwen ma' fe'n diflannu.'

'Eirwen?' gofynnodd Jasmine.

'Ma' Eirwen yn sbesial,' medde Emyr yn dawel. *Mae*, meddyliodd Jasmine, ddim *roedd*.

'O,' atebodd Jasmine heb allu cwato'i siom. Ma' rhaid bod e wedi arfer 'da gwell na secs poeth, ad hoc 'da menyw ddiyrth ar ben tas wair, ystyriodd yn drist. Ond doedd e ddim wedi atal gyda hi chwaith, cysurodd Jasmine ei hun, dim ond wrth weud ei enw. Rhaid ei bod hi'n cymharu â'r Eirwen 'ma ac yn dechre neud ei marc ar ei atal gweud. Wedi'r cyfan, roedd hi'n ddyddie cynnar iawn arnon nhw'u dau.

'Ty-ty-ty-ty-te n-n-neu go-goffi?' poerodd Emyr ati.

Dechreuodd Jasmine alw'n amlach ym Mhydew Mawr, a chael gwely am ei thrafferth pan oedd y ddau'n rhy bwdwr i fynd mas i whilo am lefydd mwy diddorol i neud e. Ar ôl wythnos, dechreuodd Emyr alw heibio i'w fflat yn dre i ddod â hi draw i Bydew Mawr ar ôl ysgol, ac yn ddweddar, roedd e wedi bod yn mynd â hi i'r ysgol o'r ffarm ar ôl iddi aros 'da fe dros nos. Roedd Pydew Mawr yn anferth o focs i un rowlo ambitu ynddo fe ar ei ben ei hunan. Câi Emyr lawer mwy o sbort yn ei rannu 'da Jasmine, ac ailddarganfod corneli tywyll i'r hen dŷ nad oedd e wedi sylwi arnon nhw'n iawn o'r blân – llefydd bach cysurus i ddou fynd yn sownd yn ei gilydd. Roedd olrhain datblygiad eu carwrieth fel darllen map o geue a thai allan y ffarm. Yn Ca' Dan Tŷ lle roedd y defed agosa at ddod ag ŵyn, dan gysgod y clawdd a hithe'n piso bwrw glaw y doth Emyr o hyd i G-spot Jasmine. Roedd Jasmine wedi dod mas yn ei welintyns pinc a'i chot law sgleiniog dynn i whilo amdano fe ar ôl bod yn gwitho tarten merin duon a'r du'n dal ar ei bysedd a'i gwefuse. Safodd Jasmine wrth y shetin yn ei wylio'n tynnu oen, a'i fraich hyd at y penelin yn troi'r oen â'r gofal tyneraf tu mewn i'r ddafad. Bôn braich, a'r symudiade bach mwya gosgeiddig yn cyd-fynd â'r olwg o ganolbwyntio dyfal ar wyneb Emyr. G-spot pa fenyw dan haul alle beido ca'l ei gyffroi gan y fath olygfa?

Wedyn, darganfyddiade pellach yn y cwt ieir, sêt ôl yr Escort, mas ar y ddôl (dan ganghe coeden yn danso yn awel gynnes yr haf); newid tempo wedyn wrth ymdrybaeddu ar lawr y beudy a llithro i'w gilydd yn y slwj – Jasmine yn ei *leathers* (Ann Summers) ac Emyr yn ei ofyrôls a'i *waders* – sleido ar y slyri a phob modfedd ohonon nhw'n feddw ar ddrewdod y baw ac yn ysu am gyffyrddiad brwnt ei gilydd. Ac ambell waith, fe gyrhaedden nhw mor bell â stafell Emyr, gyda'i bapur wal o'r saithdege a llun Charlie's Angels ar y to uwchben y gwely.

Newydd ddod i ben oedden nhw ar eu hundeg-seithfed dêt (cofiai Jasmine bob un yn nhrefn lleoliad, cronoleg a nifer sêr – undegseithfed: ar y stôl biano yn y parlwr ac anghytgord pen-ôl Emyr ar y node'n gwrthgyferbynnu'n llwyr â'u haria nhw, 5 seren), ac Emyr yn gorwedd ar ei gefen ar lawr a'i drowsus am ei benglinie, pan ofynnodd Jasmine:

'Yr Eirwen 'ma . . . ma' 'da ti feddwl mawr ohoni. Fuodd hi'n gariad i ti?'

Oedodd Emyr i ystyried – yffach o air yw cariad.

'Ti'n gwbod,' medde fe, a'i atal gweud yn gorwedd lawr i gysgu wrth iddo fe feddwl amdani, 'falle bo ti'n iawn. O's neb wedi 'nyall i cystal ag Eirwen.'

Llio'i dolurie nath Jasmine – nes iddi ffaelu â dala'n hirach.

'Beth amdano fi? *Wy'n* dy ddyall di, Emyr!'

'Wyt, bach. Ond ma' 'da Eirwen galon fowr.'

Cododd Jasmine a gwisgo amdani, wedi pwdu'i chalon hi erbyn hyn.

'J-Jassmin,' gwaeddodd Emyr, a'i ynganiad arferol o'i henw'n gratio arni bellach. 'Lle-lle-lle . . ?'

Erbyn iddo lwyddo i yngan y cwestiwn, roedd Jasmine hanner ffordd ar draws y ffald.

Cerddodd yn ei thymer ar hyd y trac at y ffordd fawr gan fytheirio'i hatgasedd at Eirwen mas yn uchel i'r defed a'r gwartheg ei chlywed. 'Y blydi fuwch Eirwen 'na! Eirwen, Eirwen, Eirwen!'

Ar ôl cerdded hanner milltir i ddala'r bỳs i'r dre a chyrradd adre, pwyllodd ddigon i ffono Menna'r weinyddes feithrin a ddangosodd y fath wybodaeth am Emyr ddwrnod y trip bythefnos yn gynt.

'Eirwen? Sda fi ddim cof,' medde Menna. 'Ond ma' Emyr yn fachan poblogedd ers i'w dad e farw a gadel y ffarm iddo fe. Ma' merched ffarm yr ardal â'u seits arno fe.'

Pa un oedd Eirwen? Shwt oedd gwbod mwy am y bitsh? Shwt oedd posib i fenyw fod â gwell pâr o fronne na rhai Jasmine – tethe nag oedd angen i ddyn fel Emyr fawr mwy na gosod ei lyged arnon nhw cyn iddon nhw ddechre begian am faldod? Shwt oedd credu bod 'da'r Eirwen 'ma goese cystal â rhei Jasmine? A shwt oedd posib bod y fenyw'n ei ddyall e'n well na Jasmine a Jasmine wedi gweld, wedi llio bob twll a chornel ohono fe, a fynte hithe?

Un ffordd oedd o whilo mas. Sbeian arnon nhw. Cario mlân i neud 'ny nes eu dala nhw wrthi – ei Hemyr hi a'r fuwch Eirwen 'na. Ac os câi ei dal yn sbeian, roedd hi'n dal heb ddod o hyd i'w chardigan: gallai esgus whilo am honno.

Yng nghysgod wal y ffald, yn treial magu plwc i fynd at y tŷ i sbeian oedd hi y dwrnod wedyn, pan ddenwyd Jasmine eto at y sied wair gan yr atgof am y dwrnod cynta 'da Em-Em-Emyr cyn iddi wbod mai Emyr oedd e. Cerddodd at ddrws y sied a rhoi ei llaw ar y gliced i'w hagor. Ar fin ei gwasgu oedd hi pan glywodd leisie'n dod o'r beudy.

'Dere di, bach. Dere i fi rwbio hwn ar dy dethe di.' Delwodd Jasmine wrth glywed Emyr yn bradychu'r cyfan fuodd rhynton nhw ers pythefnos.

Clywed sŵn trâd yn nesu o'r beudy a'i hysgogodd i

hasto 'nôl i'r sied wair a chau'r drws. Drwy dwll yn y pren, gwelodd ddrws y beudy'n agor a'r flonden berta erioed yn dod mas. Rhaid ei bod hi cyn daled ag Emyr ei hunan a choese at ei cheseile o dan y Burberry grachedd. Stopodd calon Jasmine wrth wylio Eirwen yn camu rownd ochor arall y beudy a chlywed sŵn tanio car. A hithe bron â whydu'r cyfog oedd yn llosgi ei gwddwg, gwyliodd Jasmine yr Eirwen odidog yn gyrru o Bydew Mawr yn ei 4x4.

Â'i chalon bellach yn cadw cwmni i'r cyfog yn ei gwddwg, gorfododd Jasmine ei thrâd i symud at y drws cilagored, a heb oedi i feddwl mwy, âth fewn.

Yno, â'i ddwylo am dethe clampes o fuwch Friesian fawr, roedd Emyr. Welodd e mo Jasmine. Irai ei ddwylo dethe'r fuwch ag eli clir. Gwyliodd Jasmine e'n tynnu'r eli dros y pwrs a'r stecs hyd at ei arddyrne, sŵn *llrhsllrhsllrhs* yr hylif trwchus wrth iddo slapo llaweidie ohono dros dethe dolurus y fuwch. Gwyntodd gemege petrolaidd cryf yr eli a theimlodd ei thethe'i hunan yn ymateb – yn tyfu, dybie Jasmine, i faint rhai'r fuwch wrth ddychmygu Emyr yn rhofio'r stwff drosti hithe. Ceryddodd ei hun am deimlo nwyd er gwitha Eirwen.

'Jassmin,' medde Emyr wrth droi ati, 'ddest ti 'nôl.' Methodd Jasmine dynnu ei llyged oddi ar ei ddwylo a ddaliai i witho'r eli i dethe'r fuwch. Methodd whaith â chwato'i whant am Emyr. Cododd ynte a chamu ati, ei freichie gloyw'n hongian fodfeddi o bobtu iddo. Gwyliodd Jasmine dalpyn trwchus o eli'n araf lithro oddi ar ei fys canol a gwydde hi'n syth ei bod hi wedi canu arni.

Wedyn, ar ei chefen ar lawr y beudy, y cyfaddefodd Jasmine mai dod lan i Bydew Mawr i dreial dal Emyr mas oedd hi – i ganfod drosti'i hun pwy oedd yr Eirwen berffeth 'ma oedd wedi'i threchu yn y frwydr am ei galon.

'Wy'n gwbod nawr,' medde Jasmine yn drist. 'Ma' 'i'n blond, a dyw ei choese hi byth yn bennu. Shwt alla i gystadlu?'

'B-b-blond?' medde Emyr. 'So Eir— O!' Dechreuodd wherthin fel ffŵl wrth sylweddoli: 'N-n-nage Eirwen oedd honna! Mrs Sa-Sa-Sally Hodgkins MRCVS, y fet, oedd honna! Mas o'n lîg i tam' bach. Ti'n becso am *Eirwen*?' medde fe wedyn rhwng hyrddiade o wherthin. 'Wel, ma'n hen bryd i chi gwrdd.'

Cododd ar ei eistedd a phwyntio at y lloc lle roedd y Friesian glaf-dethog yn cnoi gwair fel se ddim fory. 'Co hi Eirwen.'

'*Honna*?! Honna yw Eirwen?' Methodd Jasmine â mygu'r wich yn ei llais. 'Ti'n treial gweud wrtho fi bo ti wedi bod yn cnychu *buwch*?!'

Ar ddwrnod eu priodas, whech mis yn ddiweddarach, gwisgai Jasmine ffrog hirgoch ag iddi fodis lleder (Ann Summers) a feil (Age Concern) wedi'i lifo'n goch, nad oedd cweit yn matsio. Gwisgai Emyr siwt lwyd ffasiynol (pan brynodd e hi ugen mlynedd yn gynt) a sane streips, nad oedd cweit yn matsio (Peacocks *3 for 2*).

Gwisgai Eirwen gadwyn o flode pinc cwlwm y cythrel am ei gwddwg. Edrychai'n ddigon o ryfeddod.

Erbyn y dwrnod mawr, wrth gwrs, roedd Emyr wedi llwyddo i argyhoeddi Jasmine na fu dim byd tebyg i gyfathrach rywiol rhynto fe ag Eirwen, dim byd mwy na sgyrsie hir (unochrog braidd) am fân ddigwyddiade'r dydd, heb atal gweud yn agos.

'Gwnaf,' medde Jasmine wrth y cofrestrydd.

'G-g-g-g-wnaf!' ebychodd Emyr.

'Mw,' brefodd Eirwen.

Paid â deud

Nid pawb sy'n cael ei enw ar ddrws cyn bod yn ddeugian oed. Ei henw, o ran hynny, sy'n fwy o gamp fyth. Mae o wedi bod yno ers dwy flynadd bellach. MISS S. M. EDWARDS, BA, mewn llythrennau bras ar gerdyn wedi'i lamineiddio. Hen air digon hyll ydi Miss, yn awgrymu collad neu fethiant. Cydiwch o wrth y Sarah Myfanwy – ar ôl y ddwy nain – a'r Edwards, a dyna i chi ddarlun o ddynas ganol oed yn gwisgo be fydda 'Nhad yn ei alw'n 'gostiwm', blows gwddw uchal a sgidia buddiol, efo dim ond awgrym o sawdl. Un o'r rheiny sydd wedi cael ei gadael ar y silff i hel llwch. Ond dewis aros ar y silff wnes i. Pam prynu llyfr pan oedd 'na lyfrgell yn dre?

Chwerthin wnes i pan ddwedodd Ann, fy chwaer, 'Fydd neb isio priodi rwbath ail-law fel chdi.' Hi oedd yr unig un wyddwn i amdani oedd â'r hawl i wisgo gwyn ddiwrnod ei phriodas. Petha ail-law, sawl gwaith drosodd, oeddan ni i gyd, yn cyfarfod yn y 'common room' bob amsar cinio i gyfnewid nodiada. Lle comon ar y naw oedd o hefyd, a phawb yn trio cael y gora ar ei gilydd er mwyn ennill pwyntia. Emma, merch y ficar, oedd yr un gynta i daro deg. Roedd hi wedi'i ddyblu a'i dreblu cyn fy mod i wedi

cyrradd yr hannar, er na fyddwn i wedi cymryd y byd
â deud hynny. Arna i roedd y bai, yn dewis mynd i'r
afael ag Idris bach. Wedi gwirioni ar ei fop o wallt
melyn yr o'n i ac yn ysu am gael tynnu 'mysadd
drwyddo fo. Ond doedd 'na ddim pwyntia i'w cael am
hynny, ac ar ôl pythefnos o chwysu a bustachu, a
finna'n sownd ar y saith, ro'n i wedi dechra anobeithio.
Mi fu ond y dim i mi â mynd ar ofyn Emma, ond cyn
i mi golli fy hunan-barch a gneud ffŵl ohona'n hun,
mi gofias i ei chyngor hi i un o'r merchad oedd wedi
bod yn ddigon gwirion i gyfadda ei bod hi wastad yn
cael traed oer ar yr unfed awr ar ddeg.

Fedrwn i'm yn hawdd ddeud wrth Idris am orwadd
yn ôl a meddwl am Loegr ac ynta'n aelod o Gymdeithas
yr Iaith. Ei gymell o i gau ei lygaid a dychmygu'i hun
yn sgorio cais dros Gymru yn erbyn y Saeson wnes i.
Fuo 'na 'rioed well cais. Tri phwynt iddo fo – a deg i
mi!

Priodi Saesnas wnaeth Idris. Mae o'n aelod o'r Clwb
Golff a'r Rotari a hitha'n llywydd y WI erbyn hyn. Fu
ddim rhaid i mi ddysgu'r mab, drwy drugaradd, gan
mai ail iaith oedd y Gymraeg iddo fo. Ond mi fyddwn
i'n gweld y pen bach, o dro i dro, yn strytian ar hyd y
coridor, ac yn sibrwd wrtha'n hun, 'Fydda ti ddim yma
oni bai amdana i, 'ngwas i.'

Tybad be fydda wedi dŵad o Idris a finna pe baen
ni wedi cael cyfla i gyfri curiada calon yn hytrach na
phwyntia? Syrthio mewn cariad 'falla, ac aros ar
wastad ein cefna am byth. Y fi'n bodloni ar ddarllan

yr un llyfr, drosodd a throsodd, ac ynta'n sgorio sawl cais dros Gymru.

Y tro dwytha i mi ei weld o oedd pan es i i roi 'nghroes dros y Blaid fach, nad ydi hi ddim mor fach erbyn hyn. Roedd o'n eistedd wrth fwrdd yng nghyntedd y neuadd efo'i bren mesur a'i feiro, a rhoséd mawr glas wedi'i binio ar ei frest, lle'r oedd y galon Gymreig yn curo unwaith. 'Edwards . . . Sarah Myfanwy', medda fo wrth y lleill, a rhoi llinall drwy f'enw i. Chymris i ddim sylw ohono fo wrth adael er fy mod i'n gallu teimlo'i lygaid yn fy nilyn i. Rydw i'n cofio meddwl ar y ffordd adra am y cwlwm tafod ddysgodd Ann imi:

> Welis i 'nghariad yn capal [neu lle bynnag] yn edrych o'n i'n edrych arno fo. Do'n i'm yn edrych arno fo'n edrych oedd o'n edrych arna i, well gen i iddo fo edrych arna i'n edrych o'n i'n edrych arno fo nag i mi edrych arno fo'n edrych oedd o'n edrych arna i.

Am wn i mai dyna'r tro cynta erioed i mi allu gwrthsefyll y demtasiwn. Teimlo ro'n i, am wn i, fy mod i uwchlaw peth felly, rŵan fy mod i wedi cael fy enw ar ddrws.

Doedd dim angan i mi gymall yr un gymerodd le Idris i ddefnyddio'i ddychymyg, ac ro'n inna'n rhydd i orwadd yn ôl a meddwl am . . . fedra i ddim cofio be rŵan. Pharodd hwnnw ddim yn hir. Fi fydda'n gneud y gadael bob tro. Cael fy hudo gan lygaid glas, du, brown a gwalltiau golau, tywyll, cyrliog a di-gyrls, a blino arnyn nhw cyn iddyn nhw flino arna i.

'Cael dy hun i drwbwl 'nei di,' medda Ann.

Ond mi fedris i osgoi hynny, drwy lwc yn fwy na dim.

Adra i 'ngwely fy hun y byddwn i'n mynd bob nos. Roedd yn chwith gen i orfod ei adael o i fynd i'r coleg. Mae'n siŵr eu bod nhw'n 'ddyddiau da', a dewis o lyfrgelloedd i bori ynddyn nhw, ond fi oedd pia nosau'r gwely benthyg hwnnw hefyd. Mi fedra i dystio â llaw ar fy nghalon nad ydw i erioed wedi cysgu efo neb.

Yn ôl i'r gwely hwnnw y dois i gyntad ag oedd modd, ac yno yr ydw i'n dal i fod. Er bod gen i dŷ cyfan i mi fy hun bellach i neud fel y mynna i â fo, mi fydda i'n ysu bob nos am glywad y cloc yn taro deg. Erbyn chwartar wedi, mae'r llefrith poeth wedi'i yfad a finna'n swatio o dan y cwilt.

Wedi i ni golli Mam a 'Nhad, roedd Ann yn daer am i mi symud ati hi a'i gŵr. Fedrwn i ddim meddwl am ddim byd gwaeth. Syllu'n gyhuddgar arna i wnaeth hi pan ddeudis i, 'Dim diolch.'

'Meddwl amdanat ti o'n i,' medda hi. 'Mi wnes i dy rybuddio di'n do?'

'O be 'lly?'

'Na fydda 'na neb yn debygol o dy briodi di.'

'Do'n i ddim isio 'run ohonyn nhw.'

'Fyddat ti ddim gwell o fod isio. Ond waeth i ti heb â difaru, rŵan dy fod ti wedi d'adal ar ben dy hun.'

Plesar o'r mwya oedd cael deud, a hynny'n gwbwl onest,

'Dydw i 'rioed wedi difaru. A mi dw i'n ddigon hapus fel rydw i.'

Welas i mohoni am sbel wedyn. Rhy brysur yn canolbwyntio ar gadw'i gŵr rhag crwydro, debyg. Ond dyna a ddigwyddodd, ar waetha'r holl oria dreuliodd hi mewn campfa a salon. Ddaru hi 'rioed gyfadda hynny, na f'atgoffa i o'r rhybudd byth wedyn. Ond pan alwodd heibio ryw fis yn ôl, dyna hi'n deud mwya sydyn,

'Mi faswn i'n rhoi'r byd am gael bod yn ifanc eto.'

'Waeth i ti heb â gwastraffu d'amsar yn dymuno hynny,' medda fi. 'Un cyfla mae rhywun yn 'i gael 'te?'

Mi fedrwn fod wedi ychwanegu, 'A pwy sy'n difaru rŵan?', ond dydw i ddim yn un i edliw. Ac er 'mod i wedi cael cymaint o flas ar fod yn ifanc, mae ail-fyw'r blynyddoedd rheiny yng nghlydwch fy ngwely yn ddigon i mi. Ond be sydd gan Ann i'w gofio ond y canlyn sidêt o ddal dwylo a chusanau nos da a roddodd yr hawl iddi wisgo gwyn? Roedd hi fel petai hi'n gyndyn o adael, a finna ofn yn fy nghalon ei chlywad yn gofyn a gâi hi aros yma. Ond mynd ddaru hi, i baratoi pryd o fwyd i'r un sydd wedi hen anghofio'i lwc o gael gwraig newydd sbon danlli, a deud wrth adael,

'Mae hi'n braf arnat ti, Sarah Myfanwy.'

Hyd y gwn i, does gan yr un o'r merchad sy'n gwibio i mewn ac allan o'r ysgol fel ieir bach yr ha,

44

mewn topia gwddw isal a hancesi pocad o sgertia, unrhyw syniad be sy'n cuddio y tu ôl i'r S. M., na digon o ddiddordab i holi. Yma i basio'r amsar y maen nhw nes ffeindio partnar, neu hyd yn oed ŵr weithia. Fe fydd amball un yn aros er mwyn gallu fforddio petha sy'n hawlio dau gyflog, fel bwyd organig a gwylia tramor ddwywaith y flwyddyn. Ond diflannu mae'r rhan fwya heb adael fawr o'u hôl.

Pan ddois i yma gynta, Sarah o'n i i bob un o'r athrawon ond Hywel. Bob tro y bydda i'n mynd heibio i'r ystafell stoc ar ben y grisia, mi fedrwn i daeru 'mod i'n ei glywad yn mwmian canu, 'Paham mae dicter, O! Myfanwy', er ei fod o wedi ymddeol ers pum mlynadd. Hywel oedd yn gofalu am y lle, ac fe wnaethon ni'n fawr o'r clo ar y drws a'r cwpwrdd oedd yn guddfan gwerth chweil. Sawl gwaith ddeudodd o, 'Mi faswn i'n dy briodi di fory nesa taswn i'n rhydd i neud'? A deud y gwir, mi fyddwn inna wedi bod yn barod i'w briodi o petai hynny'n bosib. Ond doedd o ddim, ac mi ges i f'arbad.

Er bod gen i fy ystafall fy hun, dydw i ddim am i'r lleill feddwl 'mod i'n rhy falch i gymysgu efo nhw, ac mi fydda i'n gneud pwynt o alw heibio bob hyn a hyn. Fe fydda'r hen ystafell athrawon yn drewi o ogla llyfra oedd bron cyn hynad â Llyfr Du Caerfyrddin, chwys traed a cheseiliau, inc, dŵr lafant a mwg baco, ond mae un heddiw mor glinigol a dibersonoliaeth ag ystafall aros mewn 'sbyty.

Mi es i draw yno bora Llun cynta'r tymor fel arfar, a

chael pawb ar eu heistedd a golwg syfrdan 'be dwi'n 'i neud yn fan'ma?' arnyn nhw, fel hen bobol mewn cartra. Doedd 'na fawr o bwrpas croesawu rhai oedd fel pe baen nhw wedi cael eu llusgo yno yn erbyn eu hewyllys, ond fyddwn i ddim lle'r ydw i rŵan pe bawn i'n un i osgoi dyletswydd. Ro'n i ar fy ffordd allan pan deimlas i law yn cyffwrdd fy mraich a llais diarth yn dweud,

'Diolch i chi am y croeso, Miss Edwards.'

Be fedrwn i ei ddeud ond, 'Gobeithio y byddwch chi'n hapus yma, Miss Richards,' er bod hynny'n ormod i'w ddisgwyl.

Gorfodaeth aeth â fi'n ôl i'r ystafell honno rai dyddia'n ddiweddarach, wedi cael gorchymyn oddi uchod gan un nad ydi o'n credu mewn cadw cŵn a chyfarth ei hun. Anwybyddu'r 'rhag blaen' wnes i ac aros tan amser cinio yn y gobaith y gallwn i adael y pentwr pamffledi a phapurau, na fyddai neb yn debygol o gymryd unrhyw sylw ohonyn nhw, ar y bwrdd efo'r cerdyn a 'PWYSIG. DARLLENWCH' wedi'i brintio arno fo mewn inc coch. Ond roedd Miss Richards yno, yn bwyta un o'r Pot Noodles 'na sy'n gneud i mi feddwl am chŵd ci.

'Dyma fydda i'n 'i gael i ginio bob dydd,' medda hi. 'Cyw a madarch heddiw, Chow Mein fory.'

Ro'n i ar fin gofyn, 'Pam na ewch chi i'r caffi wrth y cei efo'r lleill i gael boliad iawn o fwyd?' ond roedd yr atab i'r cwestiwn yno o flaen fy llygaid i, yn y siwmper wlân a'r sgert at bengliniau. Sylweddoli y bydda hi'n gymaint o chwilan ddu â fi yng nghanol yr ieir bach yr ha wnaeth i mi ddeud,

'Os oes 'na unrhyw broblem, fe wyddoch lle i ddod o hyd i mi.'

Fe fydda'n well pe bawn i wedi dal fy nhafod. Roedd hi wedi cydio yn y cynnig fel pysgodyn mewn abwyd ac yn curo wrth fy nrws i o leia ddwywaith yr wythnos. Un diwrnod, a finna wedi cael hen ddigon ar ddatrys ei phroblemau hi – mae 'na derfyn ar ddyletswydd hyd yn oed – mi ddeudis wrthi ei bod yn amsar iddi sefyll ar ei thraed ei hun. Cytuno ddaru hi, a 'ngwahodd i draw i'r fflat am bryd o fwyd er mwyn dangos ei gwerthfawrogiad. Y rhyddhad o wybod na fydda hi byth yn mynd ar fy ngofyn i eto wnaeth i minna gytuno.

Rhyw focs matsys o fflat oedd o, pob ystafell ar yr un lefal ac yn pwyso ar wynt ei gilydd. Prin 'mod i wedi cael cyfla i dynnu 'nghôt cyn bod Miss Richards – 'galwch fi'n Dilys' – wedi fy arwain i heibio i'r gadair galad, lle ro'n i wedi bwriadu eistedd, at y setî, un o'r rheiny yr ydach chi'n cael y teimlad, wrth suddo i'r clustogau, na chodwch chi byth ohoni. Dyma hi'n sodro'i hun wrth fy ochr i a gofyn,

'Be ydw i fod i'ch galw chi – Sarah 'ta Myfanwy?'

Ro'n i wedi cymryd ataf ormod ar y pryd i feddwl gofyn sut gafodd hi wybod f'enwa i.

'Pa un ydi'r gora ganddoch chi?'

''Run o'r ddau.'

'Mi'ch galwa i chi'n Sarah. Mae o'n eich siwtio chi'n well.'

Roedd hi wedi symud rai modfeddi'n agosach heb i mi sylwi.

'Ydach chi'n cofio'r tro cynta i ni weld ein gilydd?' medda hi.

'Ydw, siawns. Dim ond 'chydig o fisoedd sydd 'na ers hynny.'

'Mi wnes i'ch nabod chi'n syth.'

'Ond doeddan ni ddim wedi cyfarfod o'r blaen.'

'Mae rhywun yn gallu deud, 'dydi?'

'Deud be?'

'Does dim rhaid i chi gymryd arnoch efo fi, Sarah. Mi wn i nad oes ganddoch chi ddim i'w ddeud wrth ddynion, mwy na sydd gen inna. Dydan ni'n dwy mo'u hangan nhw, yn nag ydan?'

Roedd hi â'i holl bwysa arna i erbyn hynny, un llaw yn gwthio'i ffordd o dan fy nghesail a'r llall yn mwytho 'nghlun, a finna'n sownd fel gwybedyn mewn gwe. Wn i ddim sut y ces i'r nerth i dorri'n rhydd. Rydw i'n cofio sefyll yno, yn gryndod i gyd, a'i gweld hi'n crechwenu arna i.

'Mi dw i wedi cael mwy o ddynion nag ydach chi o . . . o Pot Noodles,' medda fi.

Mi fedrwn fod wedi deud llawar rhagor, ond wnes i ddim, diolch am hynny.

Am wythnosa wedyn, roedd yn gas gen i feddwl am fynd i 'ngwely. Slwmbran ar y gadair y byddwn i bob nos a 'ngho fel cneuan wag. Fedrwn i feddwl am ddim ond y ddwy law yn crwydro lle nad oedd dwylo'r un ferch ond Mam wedi bod erioed.

Newydd setlo i lawr i wylio'r gêm rhwng Cymru a Lloegr ar y teledu yr o'n i bnawn Sadwrn dwytha, er nad oedd gen i fawr o ddiddordab yn honno mwy na dim byd arall. Ond pan welas i James Hook yn plymio dros y lein, fe ddaeth y llinella rheiny o'r gerdd 'Y Dyrfa', Cynan, yr oedd Idris bach a finna wedi gwirioni arnyn nhw, yn ôl i ddeffro'r co yr o'n i wedi ofni fy mod i wedi'i golli am byth:

> Ymlaen, nes disgyn dros y lein
> A'r bêl o tana i'n dynn;
> A chlywed bloedd y deugain mil
> Wrth orwedd yno'n syn . . .
> Un foment lachar, pan yw clai'n
> Anfarwol megis Duw,
> Un foment glir, pan fedraf ddweud
> 'Yn awr bûm innau byw!'

Maen nhw'n dweud mai dim ond pobol unig a rhai sy'n dechra mynd yn dwl-lal sy'n siarad efo nhw'u hunain. Dydw i nac unig na hurt, ond dyna wnes i bnawn Sadwrn, a hynny cyn i Chris Horsman sgorio'r ail gais. Wedi'r cyfan, dim ond fi oedd angan gwybod.

'Nefoedd fawr,' medda fi, 'on'd ydw inna wedi byw, ac wedi cael sawl moment lachar. Fedra i ddim gadael i'r . . . (sibrwd y gair wnes i, er nad oedd neb yno i'w glywad) 'na eu dwyn nhw oddi arna i.'

Fe enillodd Cymru o 27 i 18 ac mi es inna'n ôl i

'ngwely fy hun y noson honno, a chael y plesar o'i rannu o efo Idris a Hywel a'r lleill cyn syrthio i gwsg braf.

Eira Wen

Clywaf sŵn trwm y drws yn cau ac rwy'n agor fy
llygaid. Mae hi'n hwyr y bore, a'r golau tros fae
Caerdydd yn melynu. Mae'r shiden wely fel rhaff o
amgylch fy nghorff noeth, a'm gwallt yn rhydd ar hyd
y clustogau i gyd. Codaf yn araf, a cherdded at y
ffenest er mwyn teimlo'r aer oer ar fy nghorff, tra'n
cuddio y tu ôl i'r llenni tenau les. Yn y bae, mae'r
cychod drudfawr yn siglo lan a lawr fel petaen nhw'n
anadlu'n ddioglyd dros bob ton. Gwenaf wrth feddwl
amdano'n troi allwedd y Jag ac yn gyrru i ffwrdd.
Duw a ŵyr pryd y ceith gyfle i alw eto. Rwy'n
gorffwys fy mhen ar fy mraich. Mae arogl ei groen yn
dal ar fy nghroen a blas ei boer ar fy ngwefusau.
Teimlaf wres ei gorff yn diflannu oddi ar f'un i, cyn
troi a thynnu'r shiden oddi ar y gwely. Mae
gweithgaredd y noson cynt yn blaen i'w weld ar hyd y
fflat ac rwy'n ail-fyw pob eiliad. Gwydr y wisgi a soda
yn wag ar y bwrdd gwydr. Ei fysedd cynnes o amgylch
y darnau rhew, yn eu llithro'n wlyb ar hyd fy
nghluniau. Fy nghorsed ar y llawr. Y sanau hirion a
ddefnyddiodd i glymu fy arddyrnau gyda'i gilydd yn
dal ar y gwely. Rwy'n cau fy llygaid am eiliad a
meddwl cyn gyrru'r delweddau o 'mhen, a throi i

daflu'r shiden i'r bin. Does dim peiriant golchi yn y fflat yma a ma' 'na ddigon o shidau newydd yn y cwpwrdd. Cerddaf i'r stafell molchi a throi tapiau'r bath dwfn. Rwy'n dewis ewyn molchi o res ar y silff, ac yn arllwys yr hylif trwm Chanel i'r dŵr. Mae gwynder fy nghroen yn llachar yn y gwydr.

Mae 'mochau i'n goch y bore 'ma, a 'nghroen llyfn i'n farciau bach lle y bu e'n blasu ac yn brathu. Rhedaf fy mysedd dros y cochni. Bydd rhaid cael gwared ar y dystiolaeth. Golchi ôl ei fysedd i ffwrdd. Gwneud yn siŵr na fydd yn amau bod rhywun arall wedi bod yn cyffwrdd ynof i. Mae 'mysedd i'n aros ar groen fy ngwasg. Mae 'mronnau i'n dal yn llawn a'r gwallt du yn cwympo'n hir o amgylch fy 'sgwyddau. Mae 'ngwasg i'n dal yn fach a rhyw lawnder yn fy nghluniau, fy mronnau a'm gwefusau.

Dwi'n cofio'r union ddiwrnod, yr union eiliad y dechreuodd merchaid eraill edrych arna i'n wahanol. Dim ond un ar bymtheg own i. Un ar bymtheg yn mynd i barti. Caledodd llygaid pob merch pan gerddes i mewn i'r stafell. Closiodd ambell wraig at ei gŵr. Symudiadau bach oedden nhw, symudiadau na fyddech chi'n sylwi arnyn nhw efallai, ond roedden nhw'n dweud y cyfan. Roedd fy nghroen gole i wedi troi'n loyw dros nos, a ngwallt i wedi tywyllu'n beryglus fel y nos. Fe ddechreuodd rhai o'r bechgyn fy ngalw i'n Eira Wen, a'u gwenau'n dangos eu bod yn gobeithio 'mod i'n llawer llai pur na honno. Clymaf fy ngwallt yn gwlwm o'r ffordd wrth i'r gwydr gymylu â stem. Suddaf yn araf i'r bybls gan deimlo ei fwythau'n diflannu.

Dwi erioed 'di bod 'run peth â merchaid eraill, chi'n gweld. Dwi ddim yn gwneud esgusodion am beidio cael secs. Does byth 'pen tost' 'da fi. Dwi byth yn gorfod 'codi'n gynnar, cariad'. Dwi byth yn mynd i'r gwely'n gynnar er mwyn esgus cysgu i gael llonydd. Dwi'n licio secs. Dwi'n licio lot o secs, a dwi'n licio secs fel dyn. Dwi'n meddwl amdano fe sawl gwaith y dydd. Weithiau, mae siarad â dyn dros y ffôn yn ddigon. Ma'n deimlad tebyg i fod eisie dŵr pan ti'n sychedig. Ti'n ffaelu â meddwl am ddim byd arall nes iti gael gwared ar y chwant. Rwy'n teimlo trueni dros ddynion, a gweud y gwir. Os yw merch eisie secs, dim ond edrych ar ddyn yn y ffordd iawn sydd angen iddi wneud, neu ofyn iddo fe'n uniongyrchol. Ma' dyn yn gorfod gweithio llawer yn galetach. Dwi 'di cael dyn mewn lifft a dyn yn erbyn wal mewn clwb nos. Dwi 'di cael dyn mewn stafell molchi tra oedd 'i wraig e'n coginio lawr y stâr. Dwi 'di eistedd mewn bar gwesty er mwyn dewis un i fynd i'w stafell. Mae gwestai bob tro'n llefydd da i gyfarfod â nhw. Dynion ag amser i sbario ac arian i'w wario.

Petai seicolegydd yn fy astudio i, fe fyddai'n ceisio dod o hyd i rhyw ddigwyddiad ofnadwy yn fy mhlentyndod a barodd i mi droi fy nheimlade i ffwrdd fel swits. Ond siarad mas o'i din fydde fe. Ges i blentyndod hollol hapus, a ma' Mam a 'Nhad yn dal gyda'i gilydd ac yn byw mewn bwthyn bach clyd.

Pan es i i'r coleg yng Nghaerdydd, fe ges i fwy o ryddid, wrth gwrs. Roedd y dynion yn cuddio chwant dros dro ond fe ddoth rhyw ddiflastod drosta i, rhyw chwant am gyffro, a phan weles i'r hysbyseb am ysgrifenyddes mewn 'parlwr' yn y dre, 'nes i ddim meddwl ddwywaith. Roedd y cwrs coleg yn ddrud a'r 'parlwr' yn chwilio am rywun i ddechrau'n syth. Dwi ddim yn gwybod beth oeddwn i'n ei ddisgwyl pan gerddes i drwy'r drysau am y tro cyntaf ar ddydd Gwener gwlyb. Roedd y lle'n foethus a'r cleientiaid yn gyfoethog. Roedd y merchaid yn brydferth ac yn gyfeillgar hefyd. Atebes i'r ffôn am rai misoedd ac edrych ar y math o ddynion oedd yn dod i mewn, ac rwy'n siŵr bo' chi'n galler dyfalu beth ddigwyddodd wedyn. Fe roddodd y perchennog gleient roedden nhw'n ymddiried ynddo fe i mi y tro cyntaf. Roedd y cwbwl drosodd mewn eiliadau. Gadawodd e'r arian ar bwys y gwely. Yn sydyn, ar ôl yr holl flynyddoedd, roedd y byd yn gwneud synnwyr i mi. Dwi'n licio secs a dwi'n licio arian. Basies i'r arholiadau'n hawdd, wrth gwrs, gan fod un neu ddau o'r darlithwyr wedi cerdded i mewn i'r parlwr trwy 'ddamwain'. Ddefnyddies i ddim o'r radd cofiwch, rown i'n ennill llawer mwy o arian gyda'r nos. Gallwn i fod wedi mynd i weithio mewn swyddfa lwyd gyda dynion mewn siwtiau llwyd yn y dre – ond i beth?

Rwy'n codi allan o'r bath ac yn sychu 'nghorff ac yn rhwbio hufen i bob modfedd o 'nghroen. Mae'r marciau coch wedi diflannu, diolch byth. Cerddaf i'r cwpwrdd lle mae'r lanhawraig yn gadael fy sanau hirion yn hongian mewn parau. Dewisaf bâr gyda llinell ddu yn rhedeg yr holl ffordd i lawr cefn y goes. Mae yna resi o sodlau Christian Louboutin yn aros amdana i. Mae gwaelod pob esgid yn goch llachar ac yn fflachio'n bryfoclyd wrth i mi gerdded. Dyna'r unig fath o sodlau sy'n werth eu cael. Rwy'n clymu'r corset Agent Provocateur o gwmpas fy ngwasg yn dynn ac yn dewis nicer les a rhuban anferth sgarlad ar ei gefn.

Ma'n well i fi gymysgu ei frandi â sinsir. Rwy'n cadw llygad ar y cloc wrth wneud. 'Nes i'm aros yn y parlwr yn hir. Roedd y perchennog yn mynd â gormod o ganran, a rown i'n gwybod y byddai ambell gleient yn fy nilyn. Roedd tipyn o sôn amdana i, y ferch â gwallt fel y frân a'r croen gwyn. Dwi'n gweithio ar fy liwt fy hunan, chi'n gweld. Dim ond rhyw bum cleient sydd gen i erbyn hyn. Dynion busnes pwysig. Pob un ohonon nhw'n ysu am gael fy ngweld. Pob un ohonyn nhw'n talu'n ddrud am gael siario 'ngwely. Pob un ohonyn nhw'n gwybod y rheolau. Ma' un yn hoffi mynd â fi i gyfarfodydd busnes yn gwisgo siwtiau sidêt yr olwg. Mae e'n hoffi eistedd yno'n gwybod bod gen i ddim dillad isa dan fy sgert. Mae un arall yn hoffi i mi ei arwain fel ci. Mae un arall yn hoffi i mi wisgo fy sodlau ucha a cherdded ar hyd asgwrn ei gefn. Ma' pob un ohonyn nhw'n briod, wrth gwrs, a rhai o'u gwragedd yn gwybod amdana i. Ma' 'na ryw 'gytundeb'. Dwi'n cadw 'ngheg ar gau. Ma'r gwŷr yn hapus ac mae'r gwragedd yn medru cadw eu pennau'n uchel.

Does dim dwywaith eu bod nhw'n caru'u gwragedd, mae hynny'n amlwg, a dydyn nhw ddim eisiau eu brifo drwy fynd at butain, chwaith. Mae'r gwragedd wedi rhoi plant iddyn nhw – wedi aberthu eu cyrff. Maen nhw'n haeddu cael defnyddio'u carden credyd a chael llonydd. Ma'r dynion, ar y llaw arall, yn medru gofyn i mi wneud unrhyw beth yn y byd. Unrhyw beth fyddai cywilydd arnyn nhw ofyn i'w gwragedd. Does dim byd yn fy synnu i ragor.

Fydd e 'ma cyn hir. Ma'n well rhoi shiden newydd ar y gwely, gwneud yn siŵr nad oes ôl y llall i'w weld. Dwi'n cofio pob manylyn amdanyn nhw. Dyna yw fy ngwaith i. Pa bersawr ma' nhw'n ei hoffi arna i. Pa fath o ddillad isa ma' nhw'n eu hoffi. Rwy'n gwasgu'r shiden newydd i lawr, gyda chledrau fy nwylo'n teimlo'r sidan moethus, ac rwy'n aros amdano. Aros am sŵn ei draed ar y grisiau.

Efallai eich bod chi'n teimlo trueni amdana i erbyn hyn? Efallai eich bod yn meddwl 'mod i'n ffaelu â chael perthynas go iawn? Efallai eich bod chi'n fy nychmygu yn gorwedd yma fin nos yn unig, ar ôl iddyn nhw fynd yn ôl at eu gwragedd? Efallai eich bod yn meddwl fod yna rhyw dristwch dwfn yn fy enaid yn rhywle, rhyw ddiffyg hunan-barch? Cyn i mi eich ateb, rwy'n edrych o gwmpas. Mae gen i fflat moethus a char cyflym sy'n eiddo i mi, a dwi 'di gweld y byd i gyd ddwywaith. Bydd gen i ddigon o arian i orffen gweithio'n gyfan gwbwl cyn hir. Allwch chi ddweud yr un peth? 'Na i gyfadde fod yna rhyw oerfel bach yn sibrwd y tu mewn i mi weithiau yn nyfnderoedd y nos, ond ydy'r oerfel hwnnw'n wahanol i'r oerfel yng nghalon y wraig sy'n gorwedd yn ddiflas dan ei gŵr noson ar ôl noson, yn poeni am y plant, am arian ac am waith?

Rwy'n codi ac yn cerdded at y drws. Mae sŵn ei draed ar y grisiau. Rwy'n dychmygu'r ffordd y bydd yn cydio yndda i, ei ddwylo am fy nghanol. Mae sŵn ei allwedd yn y clo. Rwy'n sefyll yno, gyda'i ddiod yn fy llaw. Mae'n dod i mewn ac yn gollwng ei frîff-cês wrth y drws. Mae'n cerdded ata i ac yn cymryd y ddiod wrth gusanu fy ngwddf. Teimlaf y pinnau bach yn lledu ar hyd asgwrn fy nghefn; mae 'nghorff i'n cynhesu i gyd. Mae'r wefr yr un peth bob tro. Mae'n datod cefn fy nghorsed yn gelfydd ac yn fy nhroi cyn fy mhlygu dros gadair. Dwi'n clywed bwcwl ei felt yn llacio, a dwi'n gwenu gan wybod 'mod i'n licio secs, lot o secs, a dwi'n licio secs fel dyn.

Prrr ...

Hanner awr wedi naw ar nos Wener wlyb, a chyrhaeddodd Del ei gwaith yn socian at ei fest a'i nicyrs. Ymbalfalodd am fwlyn drws cefn y Clwb, a sathrodd rywbeth a orweddai'n batrwm blêr wrth ei sodlau coch, sgleiniog. Roedd tu mewn ei sgidiau'n socian fel roedd hi, a rŵan yn drewi o ogla bwyd *chinese* a rhwbath arall.

'Te-di!' gwaeddodd wrth simsanu i mewn i'r Clwb.

'Del, 'y mlodyn tlws i, sut wt ti? A ty'd a sws i dy hen Ded!'

Mwah! Mwah! Un ar bob boch, yn *camp* i gyd.

'Sbia golwg arna i, Ted bach. Bỳs yn hwyr heno eto, a rois i tw-dw i Ken y dreifar 'fyd. Yn iawn i mi neud, dydi Ted? O'n i isio cyrradd ngwaith ar amser, d'on? A ma' Ken yn gwbod hynna'n iawn, y cythral bach iddo fo. Ac ar ben hynna, gyrhaeddodd Nicole ddim tan chwartar i, a golwg y diawl arni.'

Cymerodd Del anadl sydyn a tharo ffag ffres yn ei cheg. Estynnodd Ted fatsian iddi ac anadlodd Del yn ddwfn fel tasa hi'n anadlu am y tro cynta 'rioed.

'Ben-di-blydi-gedig . . . ' sibrydodd. 'Wel? Ti'm am ofyn pam oedd Nicole yn edrach fel tasa hi 'di cal ffeit efo hêr-dreiar?' gofynnodd Del rhwng drags.

'Be oedd yr hulpan wirion 'di neud heno 'ta?' holodd Ted yn ufudd, gan dywallt G&T mewn gwydr hir a'i daro o'i blaen.

Cleciodd Del y G&T mewn un.

'We-el, oedd hannar ei dillad hi dal adra, Ted.'

Daliodd ei gwydr gwag yn yr awyr yn ddisgwylgar, a gwyddai Ted y byddai Del angen G&T go fawr arall os oedd o am glywed gweddill y stori. Chwaraeodd y gêm, a thywallt y ddiod i'r gwydr am yr eildro.

'Dwn i'm pam dwi'n trystio'r hogan 'na i edrach ar ôl y twins, wir,' mwmialodd Del.

'Cariad newydd eto?'

'Dwi'n deud 'tha chdi, Tedi, ma'r hogan yn *sex mad*! Mi ddalith hi rhyw ddisîs ar y rât yma. A ma' hi mor nacyrd erbyn cyrradd tŷ ni, dwi'n siŵr ei bod hi'n rhochian cysgu ar y soffa 'na rŵan hyn, a hitha i fod yn gwarchod!'

Ysgyrnygodd fel cath wyllt. Roedd hi'n fam dda i'r plant 'na, er bod ambell i fam y tu allan i giât yr ysgol yn sbio lawr eu trwynau arni.

'Blydi hel, dwi'n flin rŵan!' a chleciodd yr ail jinsan ar ei ben.

'Anadla'n ddyfn, Del bach, neu mi fyddi wedi hyperfentiletio neu rwbath. Ti'n gwbod be wt ti, dwyt? Iymi-mymi, dyna be wt ti, yli,' a thrawodd gusan arall ar ei boch hi. 'Iyc, be 'di'r blydi drewdod diawchedig 'na?'

'Sefyll mewn bwyd *chinese* tu allan nes i – *a* rhwbath arall, dwi'm yn ama.'

59

'Blydi chŵd ydi o, Del bach! Dos i newid, dol, a ddo i â jinsan bach arall i ti'n y munud. Ocê, cariad?'

Chwarddodd Del a chydio yn ei bag. Baglodd yn simsan ar draws y lle dawnsio. Teimlai'n well wedi cael bwrw ei bol. 'Mêt go iawn,' meddyliodd, a mynd yn reit handi am y tŷ bach am ei bod hi bron â byrstio isio pi-pi.

Hanner awr wedi deg ac roedd y trydydd G&T ar ei hanner, yn ei chynhesu drwyddi. Roedd wedi hongian ei dillad gwlyb ar hangars ar y drws, a'r tân trydan bach, pathetig, yn trio'u sychu nhw. Ogleuai'r stafell o bersawr rhosyn a lafant, a'r ogla chŵd bellach yn angof. Gwenodd Del arni hi ei hun yn y drych bylbiog a llenwi'i gwefusau'n ofalus â'r minlliw coch. Gafaelodd o dan ei dwy fron y tu mewn i'w *basque*, a'u gwthio'n uwch. Cydiodd yn y brwsh a gosod y llwch lliw haul yn ddwfn yn rhych ei bronnau. Gwyddai ei bod yn edrych fel duwies – Duwies y Nos.

Daeth cnoc ysgafn ar ddrws ei stafell – Ted.

'Galwad pum munud, Del, lyf.'

'Diolch Ted,' gwaeddodd Del. Teimlai fel seren, a gwyddai Ted sut i'w thrin hi fel seren. Cododd, gafaelodd yn ei ffan bluog ddu, clecio gweddill y G&T ac allan â hi.

Cododd Del ymyl ei sgert sidan aur yn araf deg bach i fyny ei choes chwith, a phlygodd ymlaen nes bod ei dwy fron binc bron iawn â neidio allan o'i basque ac anwesu'r meic o'i blaen. Gosododd ei dwy wefus goch yn glòs wrth y meic, agor ei cheg, a sisial yn ei llais smôcs, 'Prrrrrrrrrr . . . ', a marc cwestiwn yn hongian yn y mwg coch a du a hanner guddiai Len Eis Loli oddi wrthi. Eisteddai hwnnw mor agos iddi wrth fwrdd crwn bychan, bron na allai estyn ei dafod allan a llyfu ei bronnau fel llyfu eis loli.

Gwyddai Del mai cannwyll llygad Len oedd hi, a'i fod yn lystio amdani fel hyn unwaith yr wythnos. Oni bai am Len mi fasa hi wedi hen bacio'i bag a mynd adra. Sganiodd yr ystafell oedd yn dywyll fel gwin. Dim ond dau greadur arall oedd i mewn heno ar wahân i Tedi, oedd â mwy o ddiddordeb mewn rhwbio'i wydrau'n sglein na rhwbio dim byd arall.

Llusgodd blew ei hamrannau hirion fel dwy adain dywyll rhyw eryr, a'u fflapio i guriad araf y miwsig. Eisteddai Len a'i goesau ar led a'i geg ar agor. Byddai'n well iddi roi gwerth ei bymtheg punt iddo fo, meddyliodd. Llyfodd Len ei ddwy wefus Mick Jagger yn awchus, a phoer ddoe yn dew ar ei weflau.

Sganiodd Del y tywyllwch eto, a'i llygaid yn chwarae â'i hysglyfaeth. Llithrodd ei bys a'i bawd o gwmpas y meic a chwarae â hwnnw, i fyny ac i lawr, i lawr ac i fyny, gan fyseddu'r metel caled â'i hewinedd a phaent coch wsnos dwytha'n dal arnyn nhw. Rŵan saethai'r ager o geg agored Len Eis Loli yn gyflymach ac yn gyflymach, a gwyddai Del fod ei law dde bellach yn byseddu ei feic caled ei hun, i fyny ac i lawr, i lawr ac i fyny. Caeodd hithau ei llygaid a chodi ei hwyneb

61

at y nenfwd. Gwthiodd ei thafod ar hyd ei gwefus isa'n chwareus a llyfu pob un o'i bysedd cyn cychwyn ar yr 'Wwwwwwwwwws' a'r 'Aaaaaaaaaas' bob yn ail i mewn i'r meic. Cododd ymyl ei sgert yn uwch ac yn uwch i fyny ei choes cris-croes nes cyrraedd ei thong bychan les, coch. Cyrhaeddodd y man gwan yn ei sgert, lle cyffyrddai Velcro mewn Velcro, a thynnodd yn siarp. Llaciodd y sgert yn rhydd o'i gwasg a'i hanfon i hedfan yn bluen ysgafn aur drwy fwg du a choch yr is-fyd oddi tani. Cilagorodd ei llygaid fel agor llenni'r bore bach. Llygaid yn gwenu'n ddrwg.

A dyna pryd byddai Len Eis Loli yn dechrau crynu, a diferyn o chwys yn llithro'n boeth i lawr ei dalcen sgleiniog. Ni sylwai fod ei beint wedi hen golli ei fywyd, a'r swigod wedi marw ar waelod y gwydr. Byddai ei lygaid ar gau yn dynn, a'r lluniau'n noeth, fel ffilm yn ei ben.

Trodd Del ei chefn ar ei hysglyfaeth, ac yn araf deg bach plygodd drosodd nes bod ei thin yn ddwy leuad fach gron yn gwenu yn y gwyll. Yn boenus o araf, tynnodd lastig ei thong nes bod hwnnw'n dynn, dynn. Cododd Len Eis Loli ymyl ei wydr cwrw at ei wefusau tewion fel dwy sosej amrwd, a chusanu'r gwydr yn fudur.

Yn sydyn, gollyngodd Del y lastig a chlywodd Len y slap fechan yn atsain yn ei glust. Griddfanodd Del yn hir a dwfn, cymaint oedd ei phleser, a gwenodd pan glywodd riddfan Len yn dod o waelod bodiau ei draed yn rhywle. Llithrodd ei bysedd rhwng y thong a chroen ei chluniau'n gelfydd, a thynnu'r dilledyn yn araf i lawr ei choesau at ei thraed. Plygodd drosodd unwaith eto yn ei holl ogoniant.

Daliai Len ei wydr gwag yn yr awyr, hanner ffordd rhwng y bwrdd a'i geg, yna llithro'i dafod allan a llyfu'r aer myglyd. Awchai am gael llyfu gogoniant Del, a gwyddai hithau hynny'n iawn. Siglodd ei thin o ochor i ochor i symudiad y gerddoriaeth, yn araf i ddechrau ac yna'n gynt a chynt. Daliai ei gwynt rŵan a theimlodd ei gwefusau'n gwlychu rhwng ei choesau. Sythodd yn araf a'i chefn yn dal i wynebu ei hysglyfaeth awchus.

Biti fod y lle'n wag, hefyd, meddyliodd.

Byddai'n denu degau o ddynion bach budur erstalwm, pan oedd hi'n fengach. Teimlai ei bod hi'n cynnig gwasanaeth gwerthfawr i ddynion oedd wedi'u hamddifadu, llawer ohonyn nhw'n ddynion priod. Gwyddai hynny'n iawn gan fod yr aur ar eu bysedd yn wincio arni'n slei o'r gwyll myglyd. Oer fel ffridjis oedd eu gwragedd nhw. Ffridjis oedden nhw. A hitha? Be oedd hi 'ta? Seren yn goleuo bywydau tywyll hen ddynion bach budur.

Peth od ydi rhyw, meddyliodd wedyn. Pam fod ffridjis yn gwrthod â gwneud y weithred a honno mor hawdd ei chael, yn lyfli ac yn rhatach na chopi o *Woman's Own*? Gwyddai mai *Woman's Own* oeddan nhw'n 'i ddarllen, achos does 'na'm rhyw ar gyfyl hwnnw, dim ond ryseitiau teisan ffrwytha a chyngor defnyddiol ar ba botel *bleach* i'w phrynu. Wel, ella fod 'na gyfeiriad at ryw weithiau ar y tudalennau problemau, ond straeon am ryw wedi sychu oeddan nhw, rhyw wedi mynd yn weithred debyg i olchi llestri, neu'n rhyw y gŵr efo'i ysgrifenyddes ifanc, secsi.

Trodd yn araf i wynebu ei chynulleidfa unwaith eto. Aeth y golau'n is a'r golau coch yn ddyfnach, arafodd y gerddoriaeth a churiad y drwm bas yn curo'n uwch ac yn uwch. Gallai deimlo'r gwaed yn pwmpio yn ei phen a natur cur yn dechrau. Yr amsar o'r mis, meddyliodd yn biwis, cyn griddfan i galon y meic unwaith eto. Roedd hi'n mwynhau ochneidio a griddfan a chwyrnu a gwichian i'r meic; dyma pryd y teimlai ar ei mwya rhywiol. Ond amball i noson, byddai'n teimlo mor rhywiol â chadach llestri, a gorfodai ei hun i ysgwyd a chrynu a sleifio ei bysedd i mewn ac allan o dyllau cudd ei chorff. Darllenodd yn *Heat* ryw dro mai teml oedd y corff; roedd ei chorff hi'n bendant yn ffitio'r disgrifiad.

Anadlodd anadl ddofn, isel o waelod ei chroth yn rhywle a gadael iddi lifo i fol y meic, drwy'r clwb a'i olau coch a du, drwy'r twll clo yn y drws a thros y cyrn simdde a thoeau gwlyb holl dai yr hen dre anghofiedig. 'Bron yna,' anadlodd Del yn gynt ac yn ddyfnach i'r meic. 'Bron yna . . . ' Gafaelodd yn y ddau dasyl coch a guddiai ei dau nipyl, a neidiodd rheiny allan o'r ddwy gwpan i'r byd i gyd gael eu gweld. Chwarddodd yn uchel i'r meic a rhedeg o'r llwyfan bychan, gan adael ei dillad Duwies y Nos yn un lwmpyn blêr ar y llwyfan coch, gwag. Cloffodd y gerddoriaeth, a chododd y golau'n araf, yn olau melyn fel golau dydd unwaith eto.

Agorodd Len Eis Loli ei lygaid yn llafurus. Doedd o ddim isio deffro o'i freuddwyd melys, ond deffro oedd raid. Roedd adra'n galw, dyletswydd yn cnocio ar ei ddrws a'i wraig yn ei ddisgwyl, yn gynnes ac yn gariad i gyd. Cododd a cheisio tawelu ei fin. Chwarddodd Ted fel hogan bymtheg oed wrth wylio Len yn stryffaglio efo cynnwys ei falog. Trît wythnosol Ted oedd y sioe fach hon. Llawer gwell na hanner awr o wylio Del yn ysgwyd ei bloneg.

Cododd Len ei law ar Ted. Doedd arno ddim isio sgwrs heno. Roedd ganddo bethau gwell i'w gwneud. Cerddodd yn gynt wrth gamu ar y llwyfan bychan, a bron na sgipiodd at yr ystafell yng nghefn y llwyfan. Roedd na drît yn ei ddisgwyl yntau hefyd. Gwenodd yn ddrwg.

Llusgodd Del ei jîns tamp am ei thin a gwisgo'i siaced denim amdani'n dynn. Roedd honno hefyd yn damp. Dim ots, meddyliodd, ac agorodd ddrws ei hystafell a neidio i freichiau ei gŵr a'i gusanu'n wallgo.

'*Chinese* bach, dol?' gofynnodd Len yn floesg yn ei chlust.

'Na, ddim heno, Len. Ma' gynnon ni betha gwell i neud, 'does?'

'Ti'n gwbod be, Del? Ti'n hogan ddrwg, ddrwg . . . '

'Prrrrrrrrrr . . . ' a gwenodd Del.

Dan y dŵr

Doedd petha ddim wedi bod yn dda iawn rhyngof fi a Siôn. Ro'n i wedi bod yn trio chwerthin am y peth, deud bod pawb yn mynd drwy'r *seven year itch* yn hwyr neu'n hwyrach, ond dim ond ers pum mlynedd roedden ni wedi bod yn briod, ac nid dim ond 'chydig bach o gosi oedd hyn, roedd o'n fwy o grafu, y math o grafu allwch chi ddim ei anwybyddu, y math o grafu sy'n creithio.

Roedd y crachod yn amlwg i bawb. I fy ffrindiau: 'aeth Jac a fi drwy'r un peth, ddowch chi drosto fo' a 'priodi'n rhy ifanc naethoch chi'; i fy mam: 'ti'n disgwyl gormod' neu 'angen babi wyt ti'; i bobl ro'n i'n arfer meddwl oedd yn ffrindia i mi: 'wel, ti wedi gadael dy hun fynd braidd, yndo?' Joyce yn gwaith oedd honna, yr hulpan wirion.

Ond allwn i ddim peidio â meddwl: Gan y gwirion y ceir y gwir. Ro'n i'n bendant wedi pesgi ers priodi, a doedd gen i'm hyd yn oed yr esgus mod i wedi bod yn feichiog. Wel, dim pellach na deufis. Bosib mai dyna pryd ddechreuodd petha suro rhyngon ni, ac mai dyna pryd rois i'r gorau i chwarae pêl-rwyd bob nos Fawrth a dechra stwffio bariau siocled i mewn i'r troli siopa. A'u cuddio nhw y tu ôl i'r bagiau blawd yn y cwpwrdd ar ôl dod adra, achos ro'n i'n gwbod na fyddai Siôn byth yn cydio yn y rheiny.

Fyddwn i byth yn gwisgo topiau tyn rŵan, ac roedd yn well gen i drwsusa lliain llac na thrio gwasgu fy hun i mewn i jîns. A doedd gen i'm 'mynedd gwisgo sodlau uchel am fod treinyrs cymaint yn fwy cyfforddus, yn enwedig a finna ar fy nhraed drwy'r dydd yn y siop gemist. A ti'm angen dolio i fyny i werthu mymryn o Boots No7 yn dre – dio'm fatha Debenhams yn Gaer, nacdi? Doedd gen i'm awydd poitsian bob dydd efo *eyeliner* a *foundation* ac ati, dim ond ar gyfer adegau arbennig, fatha priodasau a phartïon, a Dolig.

Ac ro'n i wir yn meddwl nad oedd Siôn wedi sylwi. A p'run bynnag, ro'n i'n meddwl mai ngharu i fel person oedd o, be sydd y tu mewn i mi, nid sut dwi'n edrych ar y tu allan. Ond dyn ydi dyn, yndê? Roedd gŵr un arall o fy ffrindiau i wedi mynnu ei bod hi'n rhoi'r gora i wisgo mêc-yp ar ôl priodi, am ei fod o'n meddwl mai trio denu dynion eraill oedd hi. Ond roedd Siôn isio i mi wisgo mêc-yp a dillad secsi er mwyn iddo deimlo'n falch ohona i pan fydden ni'n mynd allan. Dyna ddeudodd o ryw noson pan ddois i lawr grisia ar gyfer rhyw barti yn y Lion.

'Be? Dyna be ti'n mynd i wisgo?'

'Ia, be sy'n bod efo fo?'

'Braidd yn *boring*, yndi ddim?'

'Be ti'n feddwl, *boring*?'

'Wel . . . 'di'r trwsus na'n gneud dim byd i ti ac mae

gan Mam dop fel'na. Ble ma'r top bach pinc 'na oeddat ti'n 'i wisgo lot ar ein mis mêl ni?'

Roedd o yng nghefn y wardrob efo bob dim arall oedd ddim yn fy ffitio i, ond wnes i'm deud hynny, dim ond pwdu drwy'r nos a throi nghefn ato fo pan ddaethon ni adre. Chwarae teg, doedd o'm wedi bod yn sensitif iawn, nag oedd? Ond mae'n debyg na fyddai o wedi sylwi, beth bynnag; roedden ni wedi bod yn troi ein cefnau at ein gilydd yn gwely ers misoedd.

Pan ofynnodd y genod os o'n i ffansi mynd i'r Caribî efo nhw am wythnos, 'nes i wrthod yn syth. Fi mewn bicini? Dim peryg! A p'run bynnag, pan ti 'di priodi, ti fod i fynd ar wylia efo dy ŵr, 'dwyt? Ac oeddan ni'n trio safio pres i gael *conservatory*. Ond wedyn mi ddeudodd o ei fod o wedi bwcio gwylia pysgota i Iwerddon efo'r hogia – heb hyd yn oed ofyn os oedd hynny'n iawn efo fi yn gynta. Felly 'nes i wylltio yn do, a deud mod i'n blydi wel mynd i Bermuda neu Barbados, neu lle bynnag oedd y genod yn mynd, a stwffio'r blydi *conservatory*. Ac mi ddywedodd ynta nad oedd o isio'r blydi *conservatory* yn y lle cynta, ac ella y bysa gwylia fel'na'n gneud lles i mi.

'Elli di neud efo chydig o liw haul. Tria fwynhau dy hun am chênj, 'nei di?' Roedd y diawl yn berffaith hapus mod i'n ei adael o am wythnos!

A dyna pam dwi fan hyn rŵan, yn gorwedd ar draeth o aur yn sbio ar fôr sy'n gynnes fel dŵr bath, a nghroen yn dew efo ogla Hawaiian Tropic. 'Nes i'm

meiddio gwisgo'r bicini ddoe, ond mae'r genod wedi
mherswadio i neud erbyn heddiw, achos 'Ti'm yn dew,
be s'an ti?' a 'Mae 'na bobol dipyn tewach na ti yma'.
Roedd y ddau osodiad yna'n gwrthddeud ei gilydd,
braidd, ond ro'n i'n dallt y sentiment, ac mi wasgais fy
hun i mewn i'r bicini'n ufudd ar ôl brecwast bore 'ma.
Ches i'm amser i gael *wax* cyn dod yma, felly 'nes i
droi at y rasal. Iawn ar dy goesa, ond blydi ffêtal yn
uwch i fyny. Dwi'n rash coch drosof i gyd, ond os
lwydda i i gadw nghoesa efo'i gilydd, mi fydda i'n
iawn.

Gawson ni goblyn o hwyl neithiwr; mae 'na far
reggae gwych jest i lawr y ffordd, bron fel amffitheatr,
efo lle dawnsio yn y gwaelod, a'r miwsig a'r *rum
punches* yn dy orfodi di i neidio ar dy draed i ysgwyd
dy din. Does ganddon ni ddim chwarter y rhythm
sydd gan y genod lleol, ond 'dan ni'n cael hwyl yn trio.
Ac mae'r dynion lleol wedi cymryd aton ni. Mi fuodd
Catrin yn dawnsio braidd yn amheus efo un boi mawr
efo *dreadlocks* neithiwr, ac mi ddiflannodd efo fo am
sbel, ond roedd hi'n taeru mai 'dim ond siarad' fuon
nhw. Ia, ia. Rydan ni i gyd yn nabod Catrin, ond rydan
ni wedi addo i'n gilydd 'be bynnag sy'n digwydd ar
wylia, mae'n aros ar wylia'.

Ond dwi'm yn mynd i neud dim byd gwirion. Dwi'n
caru Siôn a dwi'm isio bod yn anffyddlon iddo fo. Fues
i 'rioed, a fydda i byth. Allwn i byth fyw efo'n hun
wedyn. Nid bod unrhyw un wedi dangos diddordeb
ynof fi yng nghanol criw o genod mor smart. Merched

heglog, hirwallt, hyderus fel Catrin sy'n denu sylw pawb, a dydyn nhw byth yn sylwi arna i. Ond mae hynny'n iawn efo fi, dim ond Siôn dwi isio. Wel, y Siôn 'nes i ei briodi. Dwi wedi gyrru dau decst ato fo, ond mi nath y genod stopio fi rhag gyrru un arall bore 'ma.

'Ma isio i ti gadw dy *allure* . . . ' meddai Sue. Sut mae peidio tecstio yn llwyddo i wneud hynny, dwi'm yn siŵr, ond mae hi'n briod a hapus ers wyth mlynedd, felly mae'n rhaid ei bod hi'n gwbod am be mae hi'n sôn.

Mae'r lleill jest isio torheulo bob dydd ac yfed bob nos, ond dwi'n cael fy nhemtio i fynd am ddiwrnod o sgwba. Mi nath Siôn a fi gwrs sgwba ar ein mis mêl, felly mae'r cerdyn PADI gen i, jest mod i wedi anghofio bob dim. Ond maen nhw'n deud ei fod o fel reidio beic. Mae'r rep wedi rhoi enw a rhif ffôn rhyw foi lleol i mi, felly ella na i ffonio fo heno, cyn mynd i'r clwb *reggae*.

O diar, es i i weld y lle sgwba neithiwr, a dwi'm yn siŵr o gwbl. Does 'na fawr o drefn yna, ac mae Derek, yr hyfforddwr, fel llo. Dwi prin yn ei ddallt o'n siarad, nid ei fod o'n siarad llawer, ond mi fues i'n ddigon gwirion i gytuno i droi i fyny am un ar ddeg i gael mynd drwy'r petha elfennol eto efo criw o ddechreuwyr, cyn mynd i nofio uwchben rhyw rîf yn rwla yn pnawn. A dydi o'm yn rhad, chwaith! Mi fysa Siôn wedi troi ar ei sawdl yn syth a chwilio am rwla gwell, ond gas gen i neud sioe. Dwi jest â ffonio i ganslo ond mae'r lleill wedi mynd ar rhyw drip ar catamarán i rwla – *hair of the dog* ar ôl meddwi eto neithiwr. Argol, dwi'm yn gwbod sut maen nhw'n neud o, wir. Mae nghluniau i'n dal i frifo ar ôl dawnsio cymaint neithiwr, ond ew, gawson ni hwyl, Catrin yn fwy na neb, ond dwi'n deud dim mwy na hynna.

Wel . . . dwi'n falch na wnes i ffonio i ganslo. Dwi'n meddwl. O diar. Dwi'n meddwl mod i'n dal mewn sioc. Wnes i freuddwydio hynna i gyd? Wnes i ddim, do? Fi?! Ddrwg gen i, dwi'n neidio braidd, tydw? A dwi'n meddwl eich bod chi eisoes wedi gweithio allan be ddigwyddodd. Os nad ydach chi isio gwybod, caewch eich llygaid a throwch y dudalen.

Na, doeddech chi'm yn gallu, nag oeddech? Iawn, steddwch yn ôl, dyma'r hanes:

Doedd Derek ddim yn edrych yn hanner cymaint o lo yn ei dryncs nofio. A deud y gwir, roedd o'n edrych fel un o'r nofwyr 'na yn yr Olympics, yn ysgwyddau llydan a choesau hir i gyd, dim ond ei fod o dipyn tywyllach, a chyhyrau ei gefn yn edrych fel tasen nhw wedi eu naddu allan o dderw. Mi eglurodd fod y criw o Leeds oedd i fod efo ni newydd dynnu'n ôl, ac mai dim ond ni ein dau fyddai'n plymio i'r dyfnderoedd heddiw.

'So you will have all my attention,' meddai.

'Great,' medda fi, 'Like I said, I am a bit rusty.'

'You just need some oiling,' meddai wedyn. Sythais.

Dal i sôn am nofio sgwba oedd o, ia ddim? 'We will go through everything slowly,' meddai, 'real slow.' Ond ddywedodd o fawr ddim mwy, hyd yn oed pan oedden ni'n paratoi'r gêr i gyd. Ro'n i'n dechra meddwl bod 'na rwbath yn araf amdano fo. Doedd o'n sicr ddim yn licio sgwrsio.

Cerdded i mewn i'r môr wnaethon ni, a finna'n suddo i mewn i'r tywod dan bwysau'r gêr i gyd. Roedd gen i gryn dipyn mwy o bwysau ar fy melt na fo. Doedd na'm mymryn o fraster ar ei gorff o, ond dwi angen rhwbath i neud i mi suddo.

Roedd y dŵr yn hyfryd o gynnes, mor gynnes fel nad oedd angen gwisgo neoprene, ac roedd 'na bysgod bychain yn nofio o gwmpas fy fferau. I mewn yn ddyfnach, gosod y gêr yn fy ngheg ac anadlu'n araf. Does 'na neb yn gallu edrych yn secsi efo rhwbath fel'na yn ei geg ond, o dan y dŵr, mae'r masg yn gwneud i dy lygaid di edrych yn llawer iawn mwy nag ydyn nhw, a'r rheiny sy'n tynnu sylw. Roedd Derek yn sbio i fyw fy llygaid i drwy'r amser, ac yn gwenu arna i'n aml. Os oedd o'n cael trafferth i gyfathrebu ar dir sych, roedd o'n gwbl wahanol dan y dŵr. Felly mi ddechreuais i ymlacio, a sylweddoli nad o'n i wedi anghofio pob dim wedi'r cwbl.

Gwnaeth gylch efo'i fys a'i fawd i ofyn a o'n i'n hapus. Hapus, cylchais yn ôl. Felly cydiodd yn fy llaw a f'arwain ymhellach allan i'r môr, i'r cysgodion glas tywyll, lle nad oedd pelydrau'r haul yn gallu cyrraedd. Roedd cydio dwylo fel'na'n teimlo mor rhyfedd. Dynes oedd yn dysgu Siôn a fi ar ein mis mêl. Ond do'n i ddim yn drwgleicio hyn o gwbl; ro'n i'n teimlo'n ddiogel efo hwn.

Ond pan gyrhaeddon ni sgerbwd cwch yn y gwaelodion, mi ollyngodd fy llaw i ni gael nofio o'i gwmpas yn haws. Roedd 'na gannoedd o bysgod yn nofio i mewn ac allan ohono, yn fflachio'n aur, melyn, glas ac arian, a chregyn a chwrel yn gestyll drosto. Gwnaeth Derek arwydd arnaf i'w ddilyn at flaen y cwch, ac mi lwyddais i wneud hynny am sbel, ond yn sydyn digwyddodd rhywbeth i fy mhwysedd i, ac mi ddechreuais godi i'r wyneb. Ro'n i'n brwydro i blymio'n ôl i lawr ato, yn gwneud fy ngorau i wagio aer o fy siaced, ond roedd rhywbeth yn mynnu fy nhynnu ymhellach oddi wrtho. Ceisiais daro fy nhanc yn y gobaith y byddai'n ei glywed – do'n i'm yn gallu gweiddi, nag o'n? A diolch byth, edrychodd i fyny a ngweld i'n diflannu mewn trobwll o swigod. Nofiodd ar fy ôl, cydio yn fy ffêr a fy nhynnu i lawr ato. Fy nhynnu nes roedd ei wyneb gyferbyn â fy wyneb i, nes roedd ein cyrff yn agos, agos, fel dau geffyl môr yn dawnsio'n araf yng nghanol cannoedd o bysgod a swigod.

'Ti'n iawn?' cylchodd. Nodiais. Mae'n rhaid ei fod yn gallu gweld yr ofn yn fy llygaid; cydiodd amdanaf a nghofleidio. Ac roedd o'n deimlad mor hyfryd. Caeais fy llygaid wrth i'r ddau ohonom droelli'n araf, yn sownd yn ein gilydd am yn hir. Yna gollyngodd ei afael, cydio yn fy llaw unwaith eto a f'arwain yn ôl at y sgerbwd cwch.

Pwyntiodd at wahanol bysgod – rhai'n fflachio'n las trydanol, rhai y dylid eu hosgoi, a rhai od fel y chwydd bysgodyn sy'n chwyddo fel balŵn. Gwenais, ro'n i wrth fy modd. Ac yna, pwyntiodd y tu ôl i mi – roedd crwban y môr yn nofio'n hamddenol, lathenni uwch fy mhen. Chwarddais lond cwmwl o swigod.

Wedi cryn hanner awr o droelli a chwarae, a dysgu sut i sgimio wyneb y cwrel amryliw oddi tanom ni, tynnodd fi'n agos ato eto a gwneud arwydd arnaf i ddangos ei fod am rannu'r rheolydd aer oedd yn fy ngheg. Roedd hyn yn rhan o'r cwrs wnes i bum mlynedd ynghynt, ond doeddwn i ddim yn siŵr a o'n i'n cofio'r drefn. Ond pan wenodd arna i, a dangos yn bwyllog sut oedd tynnu'r teclyn allan a dal ati i wenu cyn ei roi'n ôl i mewn eto, penderfynais nad oedd gen i ddim i'w ofni. Anadlais yn ddwfn a'i dynnu allan. Cydiodd yn dynnach ynof fi, a dod â'i geg yn nes. Roedd o'n fy nghusanu! Roedden ni'n cusanu dan y dŵr, yn troelli'n gwbl rydd yn y swigod a phelydrau'r haul. Caeais fy llygaid. Roedd hyn fel bod mewn ffilm. Ond doedd pethau felly byth yn digwydd i mi. Mae'n rhaid mai breuddwydio ro'n i.

Oni bai ein bod ni'n dau angen mwy o ocsigen, mi fyddwn i wedi gallu dal ati i'w gusanu am oes. Wedi i ni'n dau roi ein rheolyddion aer yn ôl, rhedodd Derek ei fysedd o amgylch fy wyneb. Ro'n i'n griddfan. Yna rhedodd ei fysedd yn is at fy mronnau, oedd yn edrych yn hyfryd o fywiog heb effaith disgyrchiant, rhaid cyfadde. Yn enwedig pan dynnodd o nhw'n rhydd o gaethiwed top y bicini glas. Edrychodd i fyw fy llygaid a thynnu ei reolydd aer allan o'i geg unwaith eto. O fy Nuw, roedd ei wefusau ar fy mronnau, ei ddwylo am fy ngwasg, ac ro'n i'n hedfan. Doedd hyn ddim i fod i ddigwydd, do'n i ddim y math yna o ferch . . . Ond do'n i ddim isio iddo fo stopio. Pan dynnodd waelod y bicini i lawr fy nghoesau, ro'n i'n noeth, yn gwbl noeth dan y dŵr, a theimlais i erioed mor rhydd. Roedd yntau felly hefyd bellach, a'i noethni'n gadarn yn erbyn fy nghorff rhydd, rhywiol, hyfryd innau. Roedd o y tu mewn i mi, ei ddwylo'n fy nal yn dynn, ac roedden ni'n dau'n troi a throi a phelydrau'r haul yn ein taro ac yn troi'r swigod yn aur ac arian.

Pan gyrhaeddon ni'n ôl i'r wyneb, tynnodd ei fasg. Tynnais innau fy masg innau.

'You are a very sexy lady,' meddai'n ddwfn, cyn fy nghusanu eto. Helpodd fi i roi'r bicini yn ôl 'mlaen, yna cydiodd yn fy llaw wrth i ni gicio'n ffordd yn ôl am y traeth.

Wrth 'molchi yn y gawod wedyn, rhedais fy nwylo dros fy nghorff. Ro'n i'n rhywiol, ro'n i'n brydferth. Ac ro'n i newydd gael rhyw dan y dŵr efo dyn do'n i prin yn ei nabod! Tase'r genod yn cael gwybod . . ! Penderfynais beidio â dweud gair wrthyn nhw. Fy nghyfrinach i a Derek oedd hon – fy nghyfrinach hyfryd, unwaith mewn oes i.

Er mod i bron â drysu isio mynd i nofio sgwba efo fo eto, wnes i ddim. Mi ganolbwyntiais ar fwynhau fy hun efo'r genod; cael lliw haul hyfryd; nofio'n galed bob dydd a dawnsio braidd yn agos efo dynion y clwb *reggae* – ond nid yn rhy agos, jest digon i wybod eu bod nhw'n ysu am gydio'n dynnach ynof fi; a mynd adre at Siôn.

Pan gerddais i drwy'r drws, roedd o'n gorwedd ar y soffa yn gwylio gêm bêl-droed.

'Haia, gest ti hwyl?' gofynnodd. Gwenais.

'Asu, ti'n frown,' meddai. Gollyngais fy magiau.

'Ti'n frown fel'na drostat i gyd?' Rhoddais fy mys ar fy ngwefusau, yna dechrau tynnu amdanaf yn araf. Roedd Chelsea newydd sgorio, ond allai o ddim rhwygo'i lygaid oddi arna i. Ac roedd o'n fud. Nes i mi ddringo ar y soffa a dechrau ei gusanu. Drosto i gyd.

Naddo, wnes i 'rioed ddeud wrtho fo – na'r genod – am y caru yn y Caribî. Mi ddigwyddodd, roedd o'n berffaith, ac mae'r atgof yn dal i wneud i mi wenu pan fydd bywyd yn llwyd. Ond dydi bywyd ddim hanner mor llwyd bellach. Mae Siôn a finna'n gwenu ar ein gilydd eto, a dwi newydd fwcio pythefnos o wyliau sgwba yn y Môr Coch i ni'n dau. Mae gen i bethau dwi am eu dysgu iddo fo . . .

Jasmin ac eiodin

'Ydach chi am orffan eich lobsgows, Mrs Elis? Garry, cer i newid Miss Cullum . . . Ia, newid pob dim. Barod am eich crymbyl riwbob, Mrs Puw?'

Does yna ddim byd yn breifat yn y lle 'ma. Dim byd yn gysegredig, dim oll yn sanctaidd. Pawb yn gwbod busnes pawb – pob cegiad, pob carthiad, pob cardyn 'Brysiwch Wella Nain' yn eiddo cyhoeddus, yn perthyn i bawb ac i neb.

Mae gan bob claf ei ddihangfa fach ei hun. Marged Elis yn llithro rhwng tonfeddi ei radio, Janet yn diflannu rhwng cliwiau ei chroesair, a Siân i grombil briwiau'r fraich na fedar hi adael llonydd iddi hi. Ond i dwll y co' fydda i'n mynd, lle does 'na neb yn gweld, neb yn clwad, neb yn blasu fy meddylia . . .

'Sud ma'r traed heddiw, Mrs Griffiths?' Chwyddedig, hagr a hyll.

'Go lew, diolch ichi, Garry.'

Ac mae ei wên ganol Gorffennaf yn goglais fy ngwadnau. Mae o'n tynnu fy slipars Winnie the Pooh pyg fel pe baen nhw'n sgidiau Sindarela, a'u gosod yn ofalus wrth fy ochor. Mae o'n rowlio ei lewys gwyrddlas i fyny'n araf i ddangos y blew bach euraid a gusanwyd yn hir gan yr haul. Mae'r fodrwy aur am ei fys yn gneud imi deimlo'n ddiogel, yn lwcus.

Dwi'n ymwybodol mwya sydyn fod fy nhroed dde fel lwmp o lo, ond mae o'n ei chymryd hi yn ei law fel 'tai o'n gwybod bod 'na ddiamwnt y tu mewn iddi. Ac wrth i'r dwylo dylino'n dyner, mae ei wres o'n treiddio drwyddi, yn ei deffro, yn toddi'r cnawd fel cwyr . . .

'Gen i drît ichi heddiw, Mrs Griffiths – olew jasmin pur. Aromatherapi – fues i ar gwrs wsnos dwytha. Ogleuwch hwn. Ma nhw'n deud ei fod o'n . . .

Ond rhy hwyr. Dwi'n clywed 'run gair. Mae'r ffiol fach wedi'i hagor, a'r jîni wedi fy meddiannu, fy herwgipio i fyd arall. Oes arall. Dwi'n ifanc, yn llances ysgafndroed, fain-fy-nghanol, llawn-fy-ngwefusau, a dwi'n gosod blodau jasmin mewn hen botel eiodin ar fwrdd ym mhen draw'r ward. Mae'r gwres yn llethol. Dwi'n anadlu'n ddyfn, yn ysu i felyster y petalau foddi drewdod y disinffectant a'r cnawd pydredig yn fy ffroenau.

Mae hi'n gynnar. Mae'r lorïau nwyddau o Cairo newydd sgrialu i stop tu allan, gan godi llwch coch a hiraeth am wareiddiad. Fesul un mae'r cleifion yn aflonyddu, yn sychedu am ddŵr, am gysur a gobaith. Dw inna'n oedi, yn brentis dibrofiad, yn ddieithryn i'r tes estron, ac i bwysau a maint corff dyn. Cymaint haws ydi trin y blodau bregus.

Dyna pryd deimlais i ti am y tro cynta. Teimlo dy lygaid di ar fy ngwar, yn y fodfedd a hanner rhwng fy ngholer a rhimyn fy mhenwisg. Fel haul ar yr eira, yn llosgi'n gyfrwys. Mi ddaliais dy lygaid di am eiliad cyn iti sbio i ffwrdd. Roeddat ti'n fud am ddiwrnod cyfa. Sioc y shrapnel wedi parlysu dy dafod. Dyna pryd ddysgaist ti siarad iaith y llygaid: 'ia,' 'na,' 'poen,' 'plîs,' 'braf,' 'araf,' 'diolch,' 'mwy'. A'i dysgu hi i minna tan 'mod inna'n rhugul . . .

'Ydi hynna'n braf, Mrs Griffiths?' Yn braf, braf, braf . . .

'Ydi diolch, Garry,' medda finna'n swta. Achos all geiriau ddim cyfleu y wefr, y wefr annisgwyl wrth i fysedd cyhyrog grwydro'n hy i'r rhychau dirgel rhwng bys a bys, adfywio'r mannau ro'n i wedi anghofio am eu bodolaeth.

Roedd dy draed dithau'n ddiarth i mi. Yn dalpiau dynol o dywod a swigod. 'Na i fyth anghofio rhyfeddod eu hanferthedd rhwng fy nwylo llyfn. Y blewiach bach aur yn atgof o dy ryddid cyn i'r bwtias duon eu cuddio rhag yr haul. Dwi'n cofio meddwl cymaint o ddynion ro'n i'n eu nabod, a minna heb unwaith weld eu traed. Ac eto dyna lle roeddan ni, heb yngan gair â'n gilydd, titha'n noeth ac yn drwm rhwng fy nwylo, a finna'n tylino'r eli i dy friwiau, yn taenu'r eiodin ar dy glwyfau, yn smalio peidio malio, ond yn teimlo pob gwewyr hefo chdi, drwyddat ti . . .

'Ma jasmin yn helpu'r system nerfau i ymlacio . . . ac yn affrodisiac, meddan nhw. Gwatsiwch chi'ch hun hefo'r *male nurses* 'ma rŵan!'

Mae ei gellwair o'n lapio amdana i fel cwilt, yn caniatáu imi ymgolli'n ddyfnach yn fy llesmair. Ond nid nodau amlwg yr olew rhad sy'n deffro fy synhwyrau. Y fo – ei ddycnwch, ei ofal, ei wres – sy'n llywio'r atgofion. Ac yntau'n ddall i fy meddyliau. Tydi o erioed wedi profi trymder llethol, lledrithiol, blodau jasmin fin nos pan maen nhw'n agor, fel llygaid hogan swil, a llenwi'r stafell hefo swyn eu sudd.

Dwi'n cofio'r diwrnod y trodd dawns y llygaid yn ddawns y dwylo. Roedd y blodau yn araf gau, ar ôl sibrwd eu persawr yn hir yng nghlust y nos. A'r haul hy ar godi i gyfeiliant llafarganu'r Mosg, doedd dim dianc rhag y gwres di-ildio, a phob modfedd o gotwm gwyn fy iwnifform yn glynu fel gelen wrth fy nghnawd. Roeddat ti wedi bod yn troi a throsi drwy'r nos, ac wrth imi sychu chwys yr hunllef oddi ar dy dalcen, mi deimlais dy law am fy ngarddwrn, yn ymbil, yn herio, a llacio . . . ond heb ollwng. Dwi'n cofio fy llaw arall yn cyffwrdd dy wallt, yn mwytho dy gorun tywyll, trwchus, heb feddwl, heb drio . . . cyn cofio'n sydyn lle ro'n i, pwy o'n i; fod 'na lygaid eraill yn gwylio, cleifion eraill i'w hymgeleddu. Ond roedd arogl dy chwant ar fy ngarddwrn drwy'r dydd, a feiddiwn inna mo'i olchi.

'Dwi am neud eich ffera chi rŵan, Mrs Griffiths,' ac mae'r dwylo dyfal yn crwydro i fyny llethr fy nghoes, yn gwthio'r gwaed drwy'r gwythiennau, a'r nerfau'n nofio'n gynnes rhwng ei fysedd.

Ro'n i'n golchi dy draed y pnawn hwnnw, fel Mair Magdalen ar fy mhenna gliniau, yn ysu am wyrth. Ro'n i'n gwybod bod dy boen di'n gwaethygu, y briw yn dy ochr yn ddyfnach na'i olwg. Ro'n i'n cadw fy llygaid ar y dŵr, yn boddi fy amheuon, fy nyhead, dan swigod y sebon . . . tan deimlais i dy fysedd yn cusanu fy ngwefus, unwaith . . . ddwywaith . . . yna'n llithro y tu ôl i 'nghlust ac i lawr fy ngwegil nes gyrru'r fath ias i lawr asgwrn fy nghefn fel fy mod i wedi taro'r bowlen a gyrru'r dŵr i bobman. Gwgais wrth drio sychu godra fy sgert. Dyna'r tro cynta imi weld dy wên, yn llosgi fy ngruddiau fel haul canol dydd. Mi drois ar fy sowdwl a dianc i'r lle chwech. Mi ges i gip yn y drych. Roedd gwres dy fysedd wedi aros ar fy ngwefusau, fel minlliw. Fedrwn innau ddim peidio â gwenu ar fy ngholur newydd . . .

'Sud ma'r penna gliniau heddiw? Ydi hyn yn helpu? Bron â gorffan rŵan.'

Roedd y ddau ohonon ni'n gwybod ein bod ni ar drothwy'r diwedd, bod 'na rywbeth ar ddarfod. Ai dyna'r cymhelliad, tybed? Y noson honno, a phennau'r blodau jasmin yn drwm fel plant yn gweddïo, a sgrech bell y seiren yn ein pennau wrth i Stuka arall agosáu at ei darged.

Dwi'n cofio'r tyndra yn fy mreichiau wrth imi dynnu'r sgrin yn araf, araf, ddistaw o'n cwmpas, yn nos dros dro inni'n dau, a thyllau'r gwybed mân fel sêr yn sbecian. Dwi'n cofio grŵn isel sioncyn y gwair, fel chwibaniad hogyn ifanc yng nghlust ei gariad. Dwi'n cofio'r ffordd roedd golau'r lleuad yn taro ymyl dy wyneb, fel dihiryn ar boster rhyw ffilm. Dwi'n cofio mor llonydd oeddat ti, dy lygaid wedi'u hoelio arna i, dy gorn gwddw'n sgleinio wrth iti lyncu dy boer. Dwi'n cofio gofal dy fysedd wrth iddyn nhw dynnu fy mhenwisg, a'u gwylltineb eiliadau wedyn wrth iddyn nhw grafangu am wreiddiau fy ngwallt. Dwi'n cofio'r flanced yn gras yn erbyn meddalwch fy nghluniau, a blas chwerw'r sebon siafio ar dy groen. Dwi'n cofio'r griddfan ysgafn, distaw, a'n llygaid ni'n dau yn parablu; 'ia . . . mwy . . . poen . . . braf . . . '

Ro'n i'n teimlo fel ysbïwraig ar drywydd cyfrinach, a chyffro'r posibilrwydd o gael fy nal yn chwyddo pob cyffyrddiad, yn ehangu pob gwefr nes fy ngneud i'n chwil, yn farus, yn eofn. Do'n i prin yn fy nabod fy hun, ac roedd hynny'n gyffrous. Roedd fy nerfau'n un â'r seiren – yn dirgrynu drwy'r ddau ohonon ni, yn gwagio fy meddwl, fy ysgyfaint, yn llenwi fy ngwythiennau â hyfdra dieithr. Do'n i erioed wedi teimlo mor gry ac mor wan ar yr un pryd, wrth i dy law lifo dros ymylon fy nghorff, dy gusanau mor gelfydd nes 'mod i'n benysgafn, a'r gwasgu gwresog, araf yn tyfu, tyfu rhwng fy nghoesau, yn pwyso'r pleser drwydda i, danof fi, drosof fi'n donnau dyfnion, a finna'n chwalu'n ewyn mân hyd draeth diddiwedd dy ddarfod dithau.

A dyna dorrodd dy fudandod; y rhyddhad o anghofio, am eiliad, pwy oeddan ni, lle roeddan ni, y rhyddid o golli'n hunain yn ein gilydd, angerdd yn dryllio'r arwahanrwydd a'r geiriau'n ffrwydro fel grenêd: y tri gair annisgwyl o gyfarwydd, yn swnio mor estron yng nghanol gwres y diffeithwch – 'O mam bach!' A finna'n gegrwth. Cymro! Cymro glân gloyw! Oeddan ni'n perthyn? Oedd o'n gwybod pwy o'n i? Yn nabod fy nheulu?

'O lle goblyn ti'n dod?!' medda finna, gan dy daro di'n fudan unwaith eto. Wedyn,

'Cymraes wt ti?'

'Wel dwi'm yn *Gymro*, nag'dw!'

Chdi wenodd gynta. Yr un wên gydiodd yn fy mochau'r bora hwnnw, a'r chwys yn llifo. Gwên fel blodau jasmin yn agor am y tro olaf . . .

'A dyna ni, wedi gorffan!' Fedar yr Adonis hawddgar yn y crys gwyrddlas ddim cuddio'r rhyddhad yn ei lais. Wrth gwrs ei fod o'n falch. Pa ddyn ifanc golygus yn ei iawn bwyll fyddai'n mwynhau tylino cnawd llugoer, tryloyw, dynes dros ei phedwar ugain? 'Sgwn i pwy oedd o'n ei dychmygu'n toddi rhwng ei fodiau? Ei wraig? Un o'r nyrsus ifainc ar y ward arall? Rhyw dduwies ddychmygol, danbaid? Nid yr hen wreigan wargam yma, reit saff.

Mae o'n cau'r ffiol fach ac mae'r jîni yn ôl yn ddiogel yn ei botel. Mae'r slipars Winnie the Pooh yn swatio'n glyd am fy nhraed, a'r flanced amryliw yn cael ei thaenu fel amdo dros fy nghoesau am wythnos arall.

'Mrs Puw, 'dach chi ddim 'di twtsiad eich crymbyl. Gymrith Mrs Elis o, cymrwch? Garry, newidia Miss Cullum nei di plîs, dwi 'di gofyn i chdi unwaith. Ac ylwch Mrs Griffiths, ma gynnoch chi fisitor!'

Ond dwi'n gwbod dy fod ti yna. Fedra i dy deimlo di, dy osgo di, dy gerddediad dow-dow, dy fwriad ffyddlon, cyn imi weld na chlywed 'run gair. Fel y pedair eiliad betrus cyn i'r haul ddod i'r golwg o du ôl i gwmwl; pan ti'n gwbod nad ydi o'n bell, ei fod o ar y ffordd.

A dacw'r wên lawen yn taflu ei phelydrau drosof fi, yn fwy llachar na'r blodau yn dy law, yn fwy gwerthfawr nag unrhyw gardyn di-ddim.

'A sut mae 'nghariad i heddiw?'

'Yn well o dy weld ti.' Ond 'chydig y gwyddost ti 'mod i wedi dy weld ti'n barod, 'mod i wedi dy weld a dy deimlo di, dy glywed a dy arogli a dy flasu di'n barod, fan hyn, yn nhwll y co'.

'Be 'di'r ogla 'na?'

'Garry – aromatherapi.'

'Y mêl nyrs a'i sebon sent . . . ' Fedraist ti erioed lwyddo i guddio dy eiddigedd! Yr un eiddigedd fyddai'n fflachio yn dy lygaid di pan fyddai'r dynion ifanc yn edmygu siâp fy meingefn yn yr iwifform dynn. Yr un eiddigedd sy'n pefrio rŵan wrth iti fesur y sgwyddau llydan, clocio'r blew bach aur a'r dwylo medrus sy'n llithro'n llyfn dros gyrn a farŵcas Mrs Puw.

Ond mae 'na nodau dyfnach o dan yr olew rhad, y nodau nad oes ond chdi a fi'n eu harogli a'u clywed a'u cofio. Ac wrth imi estyn am dy law, a'i gwasgu rhwng fy nghledrau, dwi'n dal i deimlo'i gwres ar fy ngwefusau'r bora hwnnw. Dwi'n dal i deimlo'i gafael am fy ngarddwrn. Dwi'n dal i deimlo dy lygaid swil yn llosgi fy ngwar yn y fodfedd a hanner rhwng fy ngholer a rhimyn fy mhenwisg. Ac yn groes i bob disgwyl, yn groes i bob rheol gymdeithasol, waraidd, dwi'n dal i deimlo fel tynnu'r sgrin amdanon ni, yn nos dros dro, a gadael i'n cyrff barablu iaith ein llygaid.

Pwdin

Roedd y gwres yn annioddefol yr haf hwnnw. Yn gorlifo ei ffordd trwy'r goridorau'r tŷ, yn driagl trwchus o gylch ein traed. Doedd fawr o bwrpas gwisgo dillad – dyna a gredai Clive, beth bynnag, gan bendwmpian ei bob dim yn flew i gyd yn y tes. Roedd hi'n gwta fis ers i ni symud i mewn, a Clive yn dweud bod ein noethni yn siwtio'r tŷ rhywsut. Bob hyn a hyn fe glywn rwnan rhyw bryfyn neu'i gilydd yn cael ei dewi'n sydyn wrth i Clive ei ddal rhwng plygion ei floneg. Doedd hi ddim mor hawdd arna i – ces fy mhigo mewn llefydd nad oeddwn yn gwybod eu bod yn bodoli. Cedwais rywfaint o'm hurddas trwy beidio â diosg pob dim; roedd gen i sbectol haul ymlaen, fel na allai Clive wybod i ba gyfeiriad yr oeddwn yn edrych.

Penderfynodd Clive y byddai'n syniad da i fedyddio'r tŷ newydd trwy gael clamp o barti swper mawr. Roedd e'n gwybod, medde fe, am gyplau eraill oedd yr un mor hoff o noethni â ni. Neu mor hoff ag yr oedd e, i fod yn fanwl gywir – doeddwn i erioed wedi dweud fy mod i'n hoff o fod yn noeth, ond mod i wedi dod i arfer ag e, fel yr arferais â phob un o weithredoedd Clive, er mor anodd oedd ambell un i'w chyfiawnhau. Doedd hi ddim bob amser yn ymarferol inni fod heb ddillad. Roedd coginio, er enghraifft, dipyn yn haws heb gael eich llethu gan ofn o losgi eich dirgelion gyda saws *dauphinoise*. Ac roedd agor drws y ffwrn fel wynebu tanllwyth, wrth i ddrafft berwedig eich taro mewn man annisgwyl.

A dyna fu fy nadl pan ddechreuodd sôn am y parti swper – nad oedd disgwyl imi baratoi fy nanteithion aruchel arferol yn noethlymun, rhag ofn i mi niweidio fy hun. Ond un styfnig yw Clive. 'Fydd jyst raid i ti baratoi rhywbeth llai peryglus i'w fwyta 'te,' meddai yntau, gan chwythu mwg ei sigâr i 'nghesail dde. 'Salad bach syml, a rhyw bwdin digon di-nod, fel *crème brulée*. 'Sdim mwy o guddio i fod, cofio? Gytunest di. 'Sdim troi 'nôl nawr.'

Ro'n i'n betrus, wrth reswm, pan ddechreuodd Clive sôn am wahodd pobl eraill i'r tŷ. Un peth ydi ymddangos yn noethlymun-gorcyn o flaen eich gŵr, peth arall ydi ei wneud o flaen dieithriaid, sbectol haul neu beidio.

'Nid dieithriaid,' ategodd Clive. 'Daf a Nesta.'

Er iddo sôn am glamp o barti, dim ond un cwpwl atebodd y gwahoddiad.

'Ond mae Daf a Nesta yn perthyn i Glwb Carafanwyr Cymru,' meddwn.

'Mae pawb yn gwybod mai cod ydi hynny am Glwb Noethlymunwyr Cymru, siŵr iawn,' meddai Clive, gan grafu'r boncyff rhwng ei goesau. 'A beth bynnag, dy'n nhw ddim yn mynd i'r Steddfod 'leni ar ôl y ffiasco yna llynedd, felly fydd hi'n chwith arnyn nhw adre yn y tŷ 'na ar eu pennau'u hunain. Meddwl amdanyn nhw ydw i, dyna i gyd.'

Dyn fel 'na yw Clive. Wastad yn meddwl am bobl eraill. Do'n i erioed wedi cwrdd â Daf a Nesta, er bod Clive yn mynd atyn nhw'n reit aml. Rhyw wyliau rhyfedd fydden nhw'n ei gael gyda'i gilydd, hyd y gwelaf i, oherwydd doedd Clive byth yn gallu cofio unrhyw fanylion. 'Gethon ni amser da, Gwawr, dyna'r oll sydd eisiau i ti wybod,' fyddai e'n 'i ddweud. 'Rheda fath i fi, 'nei di? Dyna gwd gyrl.'

Ro'n i'n nerfus, wrth reswm, pan ganodd y gloch y prynhawn hwnnw. Do'n i ddim eisiau ateb y drws i ddechrau, ond bu'n rhaid i mi, gan fod Clive yn yr ystafell molchi yn gwneud rhywbeth neu'i gilydd, yn ôl ei arfer, a fy ngŵn nos sidan i wedi'i lapio amdano. Ro'n i wedi bod wrthi'n perffeithio'r *crème brulée* trwy'r prynhawn a'm dwylo'n stecs o hufen dwbl. Sefais wrth y drws gyda'm cnawd yn gryndod i gyd, heb syniad a fyddai Daf a Nesta yn noethlymun ai peidio. 'Nes i hyd yn oed ganfod fy hun yn crefu'n sydyn am ddrws yr hen fwthyn, y drws gwydr pefriog a oedd yn caniatáu ichi weld siâp a lliw yr ymwelydd, ac a oedd yn sicrhau nad oeddwn i'n ateb y drws pan fyddai heddwas yn galw, fel roedd sawl un yn dueddol o wneud. Ro'n i'n licio'r hen dŷ – ei gorneli tywyll, ei waliau gwyrdd, ei ddistawrwydd a'i guddfannau. Nid gofod agored, golau, yn wynebu'r stryd, a phawb yn gweld pawb, fel y chwyddwydr hwn. Er mai dyna'n union pam y symudon ni – neu dyna mae Clive yn ei ddweud wrth bawb, beth bynnag. 'Mwy o le i anadlu,' dyna ddywedodd e rhyw noson, gyda 'mhen mor dynn o dan ei gesail fel nad oedd modd i minnau anadlu o gwbl.

Ar y funud olaf, penderfynais guddio fy noethni gyda ffedog 'Del a Dei yn y Gegin', a chanddi gorff noeth Del ar un ochr a chorff noeth Dei ar y llall. Wrth agor y drws doedd gen i ddim cyfle i edrych lawr i weld pa gorff oedd amdanaf, ond fe welais yn ôl y boddhad yn llygaid Nesta mai Dei oedd yn fy nghynrychioli'r tro hwn.

'Shwmai, Gwawr,' meddai'r Nesta ddi-nicer. 'Diolch am y gwahoddiad. Fydd *cognac* yn iawn, gobeithio?'

Ceisiais fy ngore i beidio ag edrych ar ei bronnau'n bownsio fesul brawddeg.

'Ydi Clive o gwmpas?' gofynnodd y Daf di-drwser.

Heb sbectol, doedd ond un man i edrych.

'Ydi, mae e lan lofft,' meddai'r llais nad adwaenwn fel f'un i fy hun. 'Mae swper bron â bod yn barod.'

Wrth imi daenu olew a pherlysiau dros y cyw iâr, cynigiodd Nesta fynd i weld lle'r oedd Clive, tra bod Daf yn rhoi help llaw i mi.

'Ma hwn yn *dab hand* yn y gegin, on'd wyt ti cariad?' meddai hithau, gan roi winc i'w gŵr, cyn i'w phen ôl ddiflannu trwy ffrâm y drws. Wrth imi dorri'r letys yn ddarnau mân, daeth dwylo Daf o'm cwmpas yn sydyn, gan gydio yn y letysen. 'Fel hyn wyt ti'n torri letys, Gwawr,' meddai yntau, gan ddechrau rhwygo'r cnawd meddal gyda'i fysedd garw, nes bod y letysen yn un pentwr dryslyd, blêr ar y bwrdd. Erbyn hyn, roedd Daf yn ddigon agos nes 'mod i'n gallu arogli ei anadl garlleg-a-chwrw, a hwnnw'n boeth ar fy ngwar. Yn ddirybudd, sleifiodd ei ddwy law i mewn trwy ogofâu-ochr fy ffedog Del a Dei, gan lanio ar fy mronnau, a'u gwasgu'n galed. 'Hoffech chi ddiod oer, Daf? Rhywbeth i dorri syched?' meddwn yn sydyn, gan dollti hanner botel o finegr balsamic dros fy nghownter glân. Roedd 'na synau rhyfedd yn dod o'r llofft erbyn hyn, sŵn chwerthin wedi'i ddistewi rhywsut, fel 'tai rhywun yn chwerthin trwy glustog. Rhuthrais i nôl lliain i sychu'r cownter, gan weld fy mronnau rhydd yn dawnsio yn y pwdel trioglyd.

Unwaith i bawb ymgynnull wrth y bwrdd, roedd golwg wedi bwyta rhywsut ar Clive a Nesta, rhyw gochni rhyfedd amdanyn nhw a oedd yn cydbwyso'n berffaith gyda wynebau caws-gafr Daf a finnau. Chwarae gyda'i fwyd oedd Daf erbyn hyn, yn methu edrych arna i wrth iddo gyfnewid *couscous* am y salad gwyrdd. Gymerodd hi ddim chwarter awr i Clive ddechrau sôn am y busnes gyda'r Steddfod.

'Camddealltwriaeth oedd e,' meddai Daf, gan lyncu'r salad yn ddistaw fel gwybedyn. '*Vinaigrette* hyfryd iawn, Gwawr, gyda llaw.'

'Diolch,' meddwn innau, heb fedru edrych i fyw ei lygaid. Ro'n i'n teimlo cysgod ei gyffyrddiad arnaf o hyd. Estynnais am y sbectol haul drachefn.

'Ie, camddealltwriaeth,' ategodd Nesta, gan dagu ar

ddarn o afocado nes fod 'na gawod werdd wedi britho'i mynwes, 'a dyw e ddim yn gweud yn unman yng nghanllawiau'r maes carafanau na gei di fod yn noeth ar dy batsyn dy hun. Na bod 'na reolau ynghylch yr hyn wyt ti'n penderfynu ei wneud er mwyn . . . dathlu'r noethni hwnnw.'

'Ma'r peth yn hurt,' meddai Clive, ei ên yn gyforiog o saws tomato. 'Ychydig o noethni ac mae hi ar ben arnoch chi. Ddigwyddodd yr un peth lle roedden ni'n byw o'r blaen – dyna pam y symudon ni, ontefe cariad? Y gymdogaeth ddim cweit wedi symud gyda'r oes yn yr un ffordd â ni.'

'Ie, dyna ni,' meddwn yn ddistaw, gan feddwl eto am y diwrnod y daeth y ddau heddwas i'r tŷ, a Clive yn crynu i fyny'r grisiau. A'r bechgyn ifanc fydde'n gweiddi tu allan liw nos. Fûm i'n sgwrio'r paent oddi ar wal flaen y tŷ am dri diwrnod cyfan.

'Y peth am noethni,' meddai Daf, 'yw bod pobl yn meddwl ein bod ni'n mynd y tu hwnt i'r hyn sy'n rhesymol, a beth dy'n nhw ddim yn gweld yw mai mynd sha 'nôl ydyn ni, a hynny yn y ffordd fwyaf positif. Mynd 'nôl i ardd Eden, ontefe? I fod fel Adda ac Efa, ac i genhedlu ymysg ein gilydd. Y broblem gyda chymdeithas fodern yw fod pawb ofn noethni, ac maen nhw'n cymryd bod yn rhaïd i berson sy'n mwynhau bod yn noeth fod yn wyrdroëdig.'

'Yn gwmws,' meddai Clive. 'Er nad ydyn nhw'n gweld mai nhw, gyda'u syniadau piwritanaidd, sy'n wyrdroëdig mewn gwirionedd. Tynna'r sbectol ddwl 'na bant, 'nei di Gwawr?'

'Mae hi mor braf dod ar draws cwpwl arall sy'n deall,' meddai Nesta, gan chwilio am fy llygaid o dan y düwch. 'Ry'n ni mor falch eich bod chi, Gwawr, wedi penderfynu dod yn, wel, yn fwy o ran o bethe, ontefe? Roedden ni wastad yn holi amdanoch chi pan fydde Clive gyda ni. Dwi'n edrych ymlaen at . . . ymgynefino â chi.' Gwyliais ei llaw wen yn nadreddu ei ffordd o dan y bwrdd a rhwng fy nghoesau. Roedd ei chyffyrddiad ychydig yn llai ymwthiol na'i gŵr.

'A sôn am ymgynefino,' meddai Clive, 'beth am i ni fynd mewn i'r *conservatory*, ife? Digon o le mewn fan 'na. Ac yn well byth, ma e'n edrych mas dros y pentref i gyd, bron â bod. Fedrwn ni weld pawb, a fedran nhw ein gweld ni. Gymrwch chi bip?'

Cododd y dynion o'u seddi, a chamu allan o'r ystafell. Arhosodd Nesta wrth fy ochr am eiliad fach, ei llygaid yn euraid fel y *cognac* y bu'n ei yfed trwy'r nos.

'Chi am ddod gyda ni, Nesta?' meddai hithau, a'r frawddeg yn diferu o'i genau.

'Well i fi aros i gadw llygad ar y pwdin,' meddwn innau.

'Ond 'mond *crème brulée* yw e, ontefe? Allwch chi ei roi dan y gril nes mlân.'

Bu bron imi ildio. Bu bron imi adael i Nesta ddod yn nes ata' i, yn ddigon agos i mi flasu'r *cognac* ar fy ngwefus fy hun. Bu bron imi adael iddi afael yn fy llaw a 'nhywys tua'r tŷ gwydr, lle fyddwn yn deall o'r diwedd yr hyn oedd Clive am i mi wneud, ac am imi fod. Ond roedd y pwdin, rywsut, yn bwysicach. Roedd cadw fy urddas sbectol-haul a pharhau gyda'r noson fel 'tai hi'n unrhyw noson arall yn hanfodol i mi. Doedd 'na ddim unrhyw ffordd y gallwn wynebu'r heddweision a'r bechgyn cas yn gweiddi fin nos petawn innau, rywsut, ar fai.

Gymerodd hi bedair munud ar ddeg i'r *crème brulée* frownio'n berffaith. Trwy gil y drws gwelwn wên lydan yn lledaenu dros wyneb Daf wrth i Nesta foesymgrymu o'i flaen, ei chyrliau castan yn dawnsio'n rhythmig dros ei frest cochlyd, a'i thafod yn lif o lysnafedd llesmeiriol. Clywn ebychiadau arferol Clive yn bownsio oddi ar y gwydr, gan wybod, tu hwnt i'r stribed o olygfa oedd gen i, ac yn ôl y modd yr oedd corff Nesta'n hercian yn sydyn bob hyn a hyn, ei fod yntau, yn fwy na thebyg, yn cael modd i fyw rhwng cluniau cynnes Nesta. Tynnais y potiau bach porslen allan o'r gril a'u gosod ar lestr arian, gan rhoi sbrigyn o fintys ar ben pob un.

Erbyn imi gerdded i mewn i'r tŷ gwydr, roedd y pedwar yn gyfforddus drachefn yn eu seddau, a Clive yn chwythu mwg sigâr glas i mewn i'r gofod cyfyng.

'Clive, oes rhaid! Dwi ddim ishe sbwylo blas y *crème brulée*.'

'Wy'n lico bach o fwg gyda 'mhwdin i,' meddai Nesta mewn llais isel, cysglyd.

'Does fawr o whant pwdin arna i, a gweud y gwir,'
meddai Daf yn bigog.

'Twt lol,' meddwn innau. 'Mae'n rhaid cael pwdin,
ond do's e? Pwdin i bawb o bobl y byd.'

Yr eiliad cyn i rywbeth ddigwydd fydd rhywun yn
edrych 'nôl arno o hyd. Hyd yn oed nawr dwi'n
trysori'r eiliad fer o lonyddwch a brofais wrth weld y
llwyau bychain arian yn cael eu plymio'n ddwfn i'r
cnawd meddal, a'r crac boddhaol hwnnw a glywais
wrth iddyn nhw dorri wyneb caled y sglein-siwgr-
brown, fesul un. Ac yn galaru na chafodd neb y cyfle
i godi'r cryndod melys at eu gwefusau. Gwelais y
cyfan yn digwydd yn ara, ara bach, trwy gysgod du y
gwydrau haul. Y garreg las yn taro'r gwydr. Wynebau'r
bechgyn y tu allan yn troi'n galch wrth i'r gwydr
ddisgyn amdanom fel cawod o sêr. Nesta'n ebychu
wrth i ddarn o wydr blannu ei hun yn ei throed
chwith, Daf yn sgrechian wrth i'w ben-ôl ddechrau
diferu â gwaed, tra bod y garreg las wedi dyrnu clamp
o glais yng nghôl Clive ac yntau'n udo. Finnau'n sefyll
yno, rywsut neu'i gilydd, heb fy anafu o gwbl, yn
hiraethu am fantell blastig Del a Dei, am rywbeth,
unrhyw beth i'm gwarchod rhag llygaid y bechgyn a
oedd yn dal i edrych 'nôl arnon ni er eu bod yn rhedeg
ar garlam o'r golwg.

Ac yn waeth byth, yr oedd y darnau mwyaf o wydr
bellach yn ymwthio'n fygythiol o floneg melyn y *crème
brulée*, fel cyllyll tryloyw yn hollti'n syth trwy'r trwch
hufennaidd ac yn syth trwy 'nghalon i.

'Fy mhwdin i!' meddwn, a'r dagrau'n powlio i lawr fy nghorff i gyd, gan fradychu düwch fy sbectol.

Welais i ddim eisiau llewys gymaint yn fy mywyd.

Sleifio

Y croen 'di'r hyfrytaf. Mae o fel papur – ond papur sidan. Meinwe – efo'r pwyslais ar y main. Gweld trwyddo fo, jest. A phan fyddwn ni'n cyffwrdd, mae bod yn ofalus yn rhan o'r pleser, nid yn rhywbeth maen nhw fan hyn yn eich siarsio i wneud. Ac mi rydan ni'n ofalus. Mi fydda i'n ofalus wrth gyffwrdd y croen, yn ofalus rhag ei rwygo. Faswn i byth yn brifo, chwaith. Y teimlad ydi'r peth, y tynerwch, fel chwythu'n ysgafn ar flewiach mân nes bod y croen prin yn goglais. Y croen sydd mor frau.

Teimlo'n frau fy hun, a deud y gwir, yn sleifio rownd fan hyn. Fel taswn i ddim i fod yma. Wel, tydw i ddim, a deud y gwir – nid y basan nhw byth yn deud hynny i 'ngwynab, wrth reswm. Rydan ni'n berffaith rydd yn y lle, rhydd i neud be fynnan ni – 'Gweithdrefnau i sicrhau hunaniaeth gyflawn a hunanfynegiant dan amodau priodol' – fel y sylwis i oedd wedi'i sgwennu yn un o'r ffeilia diddiwadd 'na ma Miss Busnas yn 'i chario o gwmpas fel tasa peryg iddi ddisgyn drosodd 'tai hi'n ei gollwng. Ond ddois i ddim i lawr efo'r gawod ddwytha o law, ac mae gen i syniad go lew o ymateb tebygol Miss Busnas tasa hi'n dod ar fy nhraws i yma. Mi wnâi hynny iddi ollwng ei ffeil yn ddigon buan . . . A sut bynnag, wela i ddim pam fod yn rhaid i mi sleifio.

Baglu, nid sleifio, dynnodd fy sylw ati hi gynta. Mi ddigwyddais glywed un ohonyn nhw'n gweiddi 'Watshiwch iddi faglu!' ond, wrth gwrs, doedd neb o fewn pellter cyrraedd (tydyn nhw byth), ac wrth i mi droi'r gornel i'r cyntedd roeddwn i'n hanner disgwyl gweld un ohonan ni ar ei hyd ar lawr, a haid ohonyn Nhw yn rhedeg i bob cyfeiriad i nôl y bòs, rhywun arall, y ffurflen asesu risg – neu, pan fyddai pob dim arall wedi methu, i helpu pa bynnag druan oedd ar lawr. Ond yr oedd hon yn sefyll yn eu hwynebu. Yn siriol sefyll, er ei bod 'n crynu dipyn bach. Ond nid wedi baglu yr oedd hi.

'Ofn mod i wedi baglu?' oedd ei chwestiwn cynta i mi. O'r gorau, doedd o mo'r ymadrodd mwya rhamantus i mi glywed erioed, ond faint o brofiad oedd gen i? Ac wedi i mi sylweddoli, roedd hi'n hanner-gofyn y cwestiwn hefyd i un ohonyn Nhw oedd wedi mentro'n ddigon agos pan sylweddolodd nad oedd peryg iddi orfod gwneud dim.

'Dawnsio oeddwn i, nid baglu.'

'Ffansi partnar, ta?'

'Rŵan, be 'dan ni wedi'i ddeud am y rheilen fan hyn?'

Tri ohonan ni'n siarad ar unwaith, a 'sgen i ddim syniad beth wnaeth i mi roi atab mor wirion – heb sôn am fod yn hen ffasiwn fatha jwg. Ond diawch, *roedd* ei thraed hi fel petaen nhw'n barod i ddawnsio hyd yn oed rŵan, hyd yn oed wedi i mi atab fel llo – ac yn sicr wedi i Miss Busnas sôn am y 'rheilen' a 'be dan *ni* wedi'i ddeud?' Be *dwi* wedi'i ddeud mae hi'n 'i feddwl fel rheol, ond bod 'ni' yn swnio'n well, ac yn fwy 'cynhwysol', mae'n siŵr. (Dwi'n dechra mynd i siarad fel y ffeil wirion 'na fy hun – ond mae o'n dangos na tydw i ddim yn ddwl a mod i'n dallt geiria mawr, tydi? Gafael yn dy reilen dy hun a dawnsia bale efo hi, Miss Busnas.)

Chwerthin ddaru ni'n tri wedyn. Fi mewn embaras, Miss B fel tasa fo'n brifo iddi wneud, a hi – wel, roedd ei chwerthiniad hi fel dawnsio.

A'r tri ohonan ni'n cerdded i ffwrdd ac yn mynd ein gwahanol ffyrdd. Bron iawn.

'Fedri di ddawnsio?'

'Fedra i ddysgu.'

'Yn fan hyn?'

'Fan hyn yn arbennig. Tydyn nhw'n deud bod 'na gyfla i ddysgu pob dim yma?'

'Maen nhw'n *deud* lot o betha.'

'Ydyn.'

Y ddawns yn pylu am funud yn fanna. Ro'n i'n dallt. Dyna pryd y cyffyrddais â'i braich am y tro cynta, a dyna pryd y teimlais i'r croen dan fy mysedd, ei chroen hi, a dechra meddwl am bapur sidan ac adenydd ieir bach yr ha, a phetha felly. Dal fy ngafael am ei braich – a ngafael inna hefyd yn ysgafn, faswn i'n leicio meddwl, ddim yn gwasgu, ddim yn brifo. Am fod fy nghroen inna'n frau ac yn feddal. Ac esgyrn dan groen y ddwy fraich yn twtshiad. Dim ond dwy fraich.

'Dwi'n gorfod cael fy martshio'n ôl, felly?'

Roedd na gyffyrddiad bach o'r ddawns yn dŵad yn ôl i'w llygaid a'i llais hi, a wnes innau ddim gollwng ei braich.

'Rhag ofn i neb ddisgyn, 'te?'

'Na baglu.'

'Neu ddawnsio. Mi fasa hynny'n ofnadwy, basa?'

Dwi'n meddwl mai dawnsio'n ôl wnaethon ni ein dau i'w stafell hi.

* * *

Doedd yna ddim mewn gwirionedd yn ein gwahardd rhag bod yno. Ond 'dan ni'n medru clywed petha heb iddyn nhw gael eu deud, a dyna pam dwi'n meddwl ei bod hi'n dal dipyn bach yn bryderus, hyd yn oed wedi i ni gyrraedd ei hystafell.

'Mi fasan nhw'n disgwyl ein gweld ni fan hyn, o bosib.'

'Fasan nhw'n disgwyl ein gweld ni yn rwla?'

'Tasat ti wedi bod yma cyhyd â fi . . . '

'Lle drwg, felly?'

'Be wn i am lefydd drwg?'

Digon i sleifio hefo mi ar hyd ffordd hyn, ac i lawr cynteddau cudd.

'Wyddan nhw ddim am fa'ma.'

'Sut gwyddost ti?'

'Wedi bod yma o'r blaen.'

Doedd dim ots ganddi hi ddweud, gwenu wrth ddweud hyd yn oed, gwên fach fel glöyn byw yn goleuo ei hwyneb hi, yn codi crychni corneli ei llgada hi. A finna ddim i fod i ofyn sut oedd rhywun o'i hoed hi yn gwbod am y lle ym mhen draw'r cyntedd cudd.

Dyna pam nad oeddwn i'n licio ei alw o'n sleifio. Fel tasa gynnon ni ddim hawl, er na feiddiai neb ddeud hynny. Ond doedd o ddim yn teimlo fel sleifio pan aethom ni ein dau i mewn. Ac ar ôl hynny, doedd y naill na'r llall ohonan ni'n poeni llawer iawn am sleifio. Neu hwyrach mai dyna oedd benna yn ein meddyliau ni.

Sŵn siffrwd croen yn erbyn croen – doeddwn i erioed o'r blaen wedi synio y basa fo'n gwneud sŵn. Ond wedyn prin ei fod o'n sŵn. Dim ond rhyw sŵn sleifio, tasa gin sleifio sŵn. Ond beth oedd yn rhyfeddod oedd ein synau ni. Ar y teledu a ffilmiau ac ati, y cwbl a glywch chi ydi sŵn tuchan a gweiddi, ymladd a gwrthdaro. Ond croen ar groen, hyd yn oed pan fo'r croen yn denau ac fel babi o frau, y siffrwd sŵn sy'n swyn yn eich clust. Mae'n ddihafal. Sŵn llyfiad, sŵn llithro, sŵn ochneidio tawel wrth i bopeth sleifio i'w le. Ac y mae hyd yn oed i gymryd gofal ei sŵn ei hun:

'Ofn dy frifo di.'

'Mae'n iawn, dos yn dy flaen.'

'Mwy?'

'Ac eto.'

Ac eto. Hyd yn oed pan fo sychder yn y croen, ac ymdrech yn yr aelodau, mae'r gofal yno; cymryd gofal i roi pleser. Does yna mo'r fath beth â phoen na gwayw, mewn gwirionedd, ddim hyd yn oed wrth i groen frifo, wrth i awydd weithiau fynd yn drech na'r corff. 'Dan ni hyd yn oed yn chwerthin, yn medru chwerthin am ben ein gilydd. 'Aw, sut est ti i fanna?!' 'Cymer ofal!' Ac yn y cymryd gofal ei hun y mae'r pleser, felly does 'na ddim ofn rhwygo croen, a dim cywilydd wrth oedi, aros, seibiant i orwedd yn ôl yn y foddfa chwys, yn ysgafnder uchel sŵn dau yn anadlu, yn cael eu gwynt atynt . . . Dim ffon fesur, neb yn marcio, a dim rheidrwydd i fesur pleser yn ôl desibel. Mi wnaiff ocheneidiau'r tro, ochenaid yn tynnu'n ôl allan fel croen yn tynnu'n ôl, lleithder o'r diwedd, heb orfod ymdrechu, dim ond lleithder cynnes ar groen brau, a gwên a gwres fel pelydrau'r haul ar adenydd glöyn byw ar flodyn yn yr ha.

'Rydan ni'n lwcus mai yn yr ha yr ydan ni yma.'

'Lle basa ti'n mynd â fi yn y gaea?'

A dal fy ngwynt rhag ofn na fydd hi yma. Rhag ofn y bydd y gaeaf, a Nhw, wedi 'nghipio innau. Ond mae ei gwên yn dangos i mi fod modd dawnsio hyd yn oed yn yr eira.

'Mi ffeindia i rwla i'n cadw ni'n gynnes.'

'Ti wedi gwneud.'

A'r chwerthin fel ei dawnsio, yn bleser plentyn bach.

Ond rhwng y lleithder cynnes a'r diffyg sŵn, mi glywn ein dau sŵn yn nesáu, sŵn oedolion yn eu hoed a'u hamser. Swatia, swatia, sleifia, sleifia, fan hyn, yn dawel, ddistaw; allan o'u golwg a'u clyw nhw. Mae sain eu sodlau nhw wrth basio fel sgidia hoelion mawr yn crensian ar bryfetach.

'Tydan ni ddim wedi eu colli nhw, siawns?'

'Wel, nac ydan gobeithio, ddim yn groes i'r rheola.'

'*Be* dwi wedi'i ddeud?'

'Sori – ym, mi fasa hynny yn torri ar draws y ffinia, yn basa?' Saib llawn sŵn arwyddocaol. 'Heb sôn am y gwaith papur.'

'Fyddan nhw ddim wedi mynd yn bell, gewch chi weld. Wedi'r cyfan, hyd yn oed yn eu hoed nhw mae ganddyn nhw ymwybyddiaeth o'r ymddygiad priodol. Ac os daw hi i'r pen, mi allwn gyfeirio at y Canllawiau. 'Na chi, mae'n dweud fan hyn fel y nododd yr Arolygiaeth wrth gyfarch y pwnc dan Reoliad 16. Ond wir, fydda i'n meddwl weithiau nad ydyn nhw, hyd yn oed, yn deall y proble . . . – ym, yr *heriau* – sy'n ein hwynebu ni yma o ddydd i ddydd; pobl fel ni sy'n gorfod ymdopi efo strancs hen . . . ym . . . pens . . . uwch-ddinasyddion . . . yr . . . '

Llais Miss Busnas oedd hynna yn graddol bylu wrth iddi ddiflannu i ddyfnderoedd ei ffeil i geisio ateb – sori, datrysiad.

'Dan ni'n troi at ein gilydd, a'n gwenau'n ein cynhesu wrth i ni gydio, flynyddoedd wrth flynyddoedd, groen wrth groen.